ちくま文庫

茫然とする技術

宮沢章夫

JN285153

筑摩書房

目次

I・カタカナの方法……7

Ⅱ・茫然とする技術……57

Ⅲ・蹄を打ち鳴らす音よ！……127

I

カタカナの方法

パレード。

ねぶた祭りと、よくアメリカ人が派手に行う、「パレード」はどこか似ている。だが、誰も、ねぶた祭りをパレードだとは思わないだろう。なぜなら、パレードという言葉の持つ、いかんともしがたい、「あきれた感じ」がねぶたの背景を流れる思想と相容れないからだ。短い東北の夏に燃え上がる土地の人々の煮えたぎるような情熱とエネルギーには、パレードのような軽薄さはどこにもない。

ためしに口に出してほしい。

「パレード」

なんともだめな感じがそこには漂っているのだ。たとえば、朝起きてきた父親が、不意にこんなふうに言い出したらどうだろう。

「父さん、ちょっと、パレードに行ってくる」

思わず、襟首をつかんで止めたくなるだろう。なんとか説得して、思いとどまらせようとするだろう。パレードとはそのようなものだ。だから、プロ野球などで優勝チームが地元の町をパレードするとき、オープンカーに乗せられた選手たちの、少しはにかんだ表情も理解できる。

「なぜ俺は、こんなことをしているんだ」

正直な感想だ。しかも、首からレイをかけている場合もあり、パレードを主催した者、パレードに参加する者、パレードを見に行く者らが作り出す、「ばかばかしいほどあきれた世界」の渦中にある者は、うっかりそれを忘れてしまうこともあり、オープンカーから沿道の人々に向かって手を振るばかものもいれば、ビルの上から、紙吹雪をまくばかものもいる。

救いがたい、パレードの構造。

それもこれも、皆、この言葉のせいだ。

「パレード」

やはり、「パ」である。「パ」がいけない。最初に口を閉じ、唇をふるわせ破裂音を出す。すると次の瞬間には、思わず口が半開きになっているのだ。

「パ」

そんな音を発し、口を半開きにした者の姿を想像してみればいい。だめとしか考えられないではないか。

だが、驚くべきことだが、いかにもだめな響きを持った、「パレード」の起源は、「だめ」とは無縁なところにあった。

「軍隊を集合、行進させて司令官などが閲兵するのが原義で、社会主義諸国で行っているリーダーが壇上に並ぶ〈赤の広場〉や〈天安門広場〉などにおけるメーデーのパレードがその直系である」

平凡社大百科事典の「パレード」の項目にはこうあった。ニュース映像などで見ることのできる軍隊のパレードである。規律正しく、力強いあの行進には、「だめ」はみじんも感じられないかのようだ。「規律正しく、力強い」からなおさら、「だめ」を感じる者もいるだろうが、それはまた、べつの意味における「だめ」についての話だ。

さらに、平凡社大百科事典の記述はつづく。

「転じて」

いや、軍隊の説明で充分わかったから、これ以上、なにもいらない。「転じるなよ」と言いたい気持ちもあるし、なにかいやな予感がするものの、まあ、転じさせてやろうではないか。

「転じて、娯楽的形式をとった主として野外で行われる、成員のアイデンティティ、共同感情(国、都市、集団)を促進、高揚させるため行われる催し、ねり歩きをともなう祭り、スペクタクル一般を指す」

これで私は、「パレード」の、正しい日本語訳を知ったのである。

「ねり歩きをともなう祭り」

そして、「だめ」の中心をなす、その正体もこれではっきりとしただろう。

「ねり歩き」

これは、はっきりいって、だめである。だめ以外の何物でもない。なにしろ、「ねり歩く」のだ。右に左に、ふらふらと、目的もなく、ただ先に進み、進むかと思えば、ちょっと止まり、不意に思いついたかのように歩き出すが、急ぐでもなく、あたりをながめ、ぐだぐだした足取り、勢いもないまま、そうしてどこまでも歩く人々だ。

かつて、人文字を一般参加者が作り、それを審査するテレビ番組があった。広場に人々が集まり、上空から撮影する。そこには、様々な絵や文字が描かれていた。完成されたものはきれいだったかもしれないが、私には、それをする人々に、気持ちの悪いものしか感じられなかった。

だったら、パレードをやったらどうだ。

もちろん、「軍隊を集合、行進させて司令官などが閲兵するのが原義」といったものではけっしてない。そう、「ねり歩きをともなう祭り」だ。日本全国から、パレードをする人々が、本会場にあてられた、国立競技場に集まってくるのだ。

ただただ、ねり歩く人々。ぐだぐだと歩く人々。だめがそこにある。そんな、「だめ」を、私は見たいのだ。

ハロー。

あれはもう数年前、四谷で電車に乗ろうとしていたときのことだ。背後から声をかけられた。

「ハロー」

そんな挨拶をする人を知人に持った覚えがなかったので戸惑ったが、見れば、かつて一度だけ仕事をし、その後、仕事以外の場所で何度か会ったことのある編集者だ。さらに、編集者は言った。

「ハロハロハロー」

私は「ハロー」の用法について無知なので、「ハロハロハロー」が正しいかどうかわからないものの、「ハロ」を反復するその言い方になにか不愉快なものを感じた。なにしろ、「ハロハロハロー」だ。たいていの言葉は、一度、反復すると軽薄になる。

「ハロハロ」

この場合、軽薄さもあるものの、調子のよさがそれを救い、まあ、すすめられたものではないが、許せる範囲の表現になるだろう。では、三度はどうか。

「ハロハロハロ」

ばかものにしか感じられないのだ。これはなにも、英語に限ったことではなく、「はい」を例に考えればわかりやすいように、なんにせよ言葉は、「三度はどうもいけない」ということが示されている。「はいはい」と繰り返して返事をする者がいれば、ふざけているのかと腹立たしい気持ちになるが、これがひとたび、三度になったとしたらどうか。もっと異なる印象がそこから生まれる。

「ハイハイハイ」

ひらがなではなく、ついカタカナで表記したくなるのも奇妙だが、それほどここには、「ばかものとしか考えられないなにか」が存在する。

ところで、「ハロー」、つまり、「hello」を、手元にある、研究社『新英和・和英中辞典　CD-ROM版』でひくと、

1 「遠くの人への注意を引くのに用いて」お(ー)い！　もし！

2 「あいさつに用いて」やあ！　よお！　こんにちは！

3 【電話】　もしもし！

4 「驚きを表して」おや! あら!

ということになっている。

あの三度はいったいどの用法なのだろう。「おいおいおい!」だろうか。だとしたら、ひどく失礼なやつだ。いきなり向こうからやってきて、「おいおいおい!」と言われて愉快な思いをする人間はいない。だったら、「おやおやおや」はどうだ。なにやら人を見下すようないやらしさがある。もっとも近いと考えられるのはこれだ。

「ヤアヤアヤア!」

これではリチャード・レスターが監督した往年のビートルズ映画である。

その日、四谷駅のホームには、こうした由々しき事態が出現していた。「ヤアヤアヤア!」だ。「ヤアヤアヤア!」などと気軽に声をかけるばかものが現れたのだ。聞けば知人の編集者はついきのうまで外国に行っていたという。たしかに外国では「ハロー」はあたりまえだ。その挨拶をとがめる理由はなにもない。もしそれがいけないことになると、ロシアに行って、「みんないい気になってロシア語ばかりしゃべりやがって」とロシア語をとがめる愚にも似て、あきらかに間違っている。

だが、そこは四谷だった。

話しかけた相手が外国人ならまだわかるが、私は外国人ではない。

このとき四谷駅では何が発生していたのだろう。この由々しき事態の、もっとも主要な問題点をはっきりつきとめなければ、今後も「ハロー」はなに食わぬ顔で、穏やかな市民生活を脅かすにちがいない。もしかしたら、編集者は、自分がいま「ハロー」などと口にしていると意識していないのかもしれない。意識して、状況にそぐわぬ間違った使い方や、「三度の反復」という、取り返しのつかない愚を犯すのだとすれば、問題はもっぱら、本人の人間性に求められる。

いや、そうではない。

彼は外国に行っていた。そこではしばしば、挨拶にハローが使われていただろう。それが慣れになり、日本に帰ってきても、つい使ってしまった。だが、ほかに使われただろう日常会話の英語は出てこないのに、なぜ、ハローだけ思わず使ってしまったのか。

ここに、「ハロー」の恐ろしさがある。うっかり使ってしまいがちな、「ハロー」の恐怖だ。なにしろ、「ハ」に「ロ」である。それで、「ー」と、伸ばすのだ。この単純な音の構造によって、言葉が口からぽろっとこぼれるのだ。

ぽろっとこぼれる。

言葉にとってそれほど恐ろしいものはない。日本人にとって、「ハロー」は得体の知れない暗闇である。

スタミナ。

私事で恐縮だが、このところ身体の調子が悪い。アキレス腱が炎症を起こして歩けない時期が長くつづき、完治したと思ったら腰がだめになった。どうもいけない。内臓も弱っている。風邪もひきやすい。そんなことを知人に話したところ、こともなげに、彼はこう口にした。

「スタミナ切れ?」

それがなにを意味しているのかはじめ私にはよくわからなかった。だってそうだろう。何かが切れるらしいが、私にはそれを切らさず所持していた記憶がないのだ。「タバコを切らした」とよく言葉にすることがあるが、それとはどうも意味が異なる。

「去年からずっと、忙しそうだったじゃないですか。少し休んだらどうですか。スタミナつけなくちゃ」

知人はさらにそう言葉を続けた。なるほどそういうことか。身体の調子が悪くなって、はじめて気がつく。「スタミナ切れ」である。人は誰もが考えるのだ。

なにより大事なのは、スタミナだ。

しかし、「スタミナ」をここで取り上げるのは、それが、「身体」の問題だからではない。疲れた顔をした者に、「スタミナ切れ？」と、人は言葉をかけがちで、つい「スタミナ」と「身体」を性急に結びつける傾向があるが、ほんとうに見なければならないのはそんなことではない。

そこで、次にあげる三つの言葉を味わってほしい。できたら、口に出して声を発してほしい。

「スタミナ」

「焼き肉」

「サウナ」

どこか共通した何かを感じないだろうか。

「何か」とは、つまり「文化」のことだ。三つの言葉は一組になって形をなし、ある文化圏の存在を示す。それはなにか。語るべき、「文化」とはどのようなものか。きっと次のような言葉で表現されるにちがいない。

「男の世界」

ぱっとサウナの汗がほとばしる。焼き肉の脂がじとじとと音を立てる。そして夜が明け、男たちは駅の売店で、スタミナドリンクを飲むだろう。

これぞ、まさに、「男の世界」である。

ためしに「stamina」を、例によって、CD-ROM版、新英和中辞典でひけば、丁寧に次のような記述がされている。

「持続力、根気、スタミナ　日本語では『体力』『精力』の意に用いられるが、英語では疲労・苦労に耐える持久力をいう」

だが、この記述もまだ不備がある。日本語における「スタミナ」は「文化」だ。「男の世界」を代表する言葉である。

また、私はある食べ物屋で、これもまた、「男の世界」の文化ではないかと考えられるメニューを発見した。「ドンブリもの専門店」だった。「カツ丼」や「天丼」はもちろん、様々なドンブリがあった。「どんぶり」そのものにも、「男の世界」はあきらかに存在するが、なかでも、「男の世界」的なるもの、いわば、「男のなかの男」がそこにあるのを発見した。

「ソースカツ丼」

ごはんの上にキャベツだ。キャベツの上にカツである。ソースがかけられているのだ。なんというぞんざいな食べ物だろう。野放図にキャベツは放り込まれ、無造作にカツは置かれている。注文した私は、そのぞんざいな姿に、食欲が多少、萎《な》えたのだが、「男だからな、男はこれくらい、がつがつ食わなくちゃ」と箸をつけた。そのとき近くの席にいたまだ若い女が、注文を取りに来た店の者に、こう答えたのを聞いた。

「ソースカツ丼」

まちがってしまったのだろうか。何も知らずに注文してしまったのか。だがその声にはきっぱりとした意志を感じた。スタミナを取ろうという気持ちがそこにあるのではないかと私は思ったのだ。私は知った。そこにあるものの真の姿だ。

「スタミナへの意志」

もちろん、「ソースカツ丼」がスタミナの源になるかとなると確かなことはわからない。「焼き肉」もそうだし、「サウナ」だってただ汗が出るだけだろう。だが、「スタミナへの意志」は焼き肉に惹《ひ》かれ、サウナへと向かう。「男の世界」とはつまり、「スタミナへの意志」によって包まれた幸福な世界だ。そこでは、体力がつくとか、回復するとか、そんなことはどうだっていいのだ。「スタミナつけなくちゃ」と言葉にすればいい。「夏バテにはうな重だ」と食べてこそ、「男の世界」で幸福な気分にひたれる。

きっぱりと、「ソースカツ丼」と注文した若い女は、すでに「女」ではなかった。「男の世界」の住人だ。なぜなら、そこには「スタミナへの意志」があるからだ。

デラックス。

人は往々にして、「デラックス」に弱い。なにやら甘美さが漂い人を酔わせる奇妙な力がこの言葉にはある。

「デラックスたわし」

ふつう人は、よほどの事情や、せっぱ詰まって必要にかられる以外、「たわし」に対してあまり興味を抱かないものだが、「デラックス」が付随したことで、とたんに身を乗り出したくなるから不思議だ。いったいどんなたわしなのだろう。なにしろデラックスだ。デラックスなんだから、もう、これは、なんと表現していいか、まったくもってよくわからないほどすごいに決まっている。

「よくわからないほどすごい力」

私は、「デラックス」の魅力のひとつはここにあると考える。実際、「デラックスたわし」のことを想像してみればいい。それは大きさだろうか。でかいたわしだ。標準よりやや大きいといった程度ではないだろう。ものすごくでかい。デラックスが示す大きさといったらただごとではない。あるいは、金色をしているのかもしれない。金色たわしだ。純金でなくてはだめだ。純金のたわし。いったい誰がそんなものを必要とするんだ。わからない。たしかにわからないけれど、デラックスだから仕方がないじゃないか。それこそが、「よくわからない力」の、よくわからないゆえんである。

そもそも、デラックス、つまり「deluxe」を辞書でひけば、「豪華な、ぜいたくな」といった意味だとわかる。

たしかにそうかもしれないが、ここで取り上げる、「デラックス」は、それだけでは収まらないもっと大きなニュアンスがあるように思えてならないのだ。

「ぜいたくなたわし」

これだけではなにかつまらないのだ。

「豪華なたわし」

そうかもしれないが、もうひとつニュアンスを感じない。

「デラックスたわし」

やはりそうだ。デラックスだからこそ、人をひきつけてやまない奇妙な魅力がそこに生まれる。それこそ、「よくわからない力」の、「よくわからなさ」となるが、ためしに、「デラックス」を様々な言葉につけてみよう。そのことで、「デラックス」の姿がおぼろげながら見えてくるのではないだろうか。

「大塩平八郎デラックス」

いきなり、大塩平八郎を取り上げたのにはさして意味はないが、こうすると、なにか大塩平八郎がべつものに感じる。歴史的な人物にデラックスをつけることで、大げさに表現すれば、歴史を新しく読み直す手だてになるかもしれない。

「デラックス吉田松陰」

それは名前だけではない。

「デラックス生麦事件」

あと、「応仁の乱デラックス」とか、「ゾルゲ事件デラックス」といったぐあいだが、なにか歴史の教科書から受け取ったイメージからはずいぶん異なる歴史の姿がそこにあらわれる。

「デラックスだよな、応仁の乱も」

なにか得した気分になるが、いったい歴史を学びながら得した気分になって、どんな意味があるというのだ。ほかにも、「デラックス銀行振込」とか、「棚卸しデラックス」、はては、「デラックス墓参り」など、デラックスさえつければ、なにもかも、印象が異なって感じ、「銀行振込」という厄介な仕事も、「棚卸し」という面倒な作業だって生き生きとしたものになるだろうし、「墓参り」のあの辛気くささからも人は救われる。

これこそが、「デラックス」の、「デラックス」たるゆえんだ。

もちろん、その一方に、「デラックス」の陥穽《かんせい》があることを、私が知らないわけではない。たしかに、「デラックス」はいい言葉だ。それが言葉に付随しただけでなにか人を魅了する力がある。だが、単に言葉の装飾として使われ、手垢がついたいまでは、その新鮮さも失われつつある。さらに、「デラックス」の中身がそれほどたいしたことがないとわかり、形だけのニセモノが横行すれば、「デラックス」を信じることなど誰もできなくなるだろう。

「デラックスの復権」

いまや、「デラックス」の、あの希望に満ちた輝きは失われつつある。いったい、あのわけのわからない力はどこにいってしまうのだ。もう一度、「デラックス」を、「デラックス」としてたしかめようではないか。

「デラックスたわし」

そうだ。原点に戻るのである。「たわし」というあの素朴な道具から再び出発するのだ。デラックスなたわしだ。ちょっとしたデラックスでいいじゃないか。ちょっと大きいだけでいい。それは、ほんのちょっとかもしれない。だけど、デラックスだ。デラックスは、そんなことだけで、人の心を潤すのだ。

サービス。

いつからこの国では、「サービス」という言葉が一般的になったのだろう。調べてみなければわからないが、以来、あたりまえのように人は、「サービス」という言葉を使う。

たとえば父の日の朝だ。

「きょうぐらい、サービスしろよ」

そんなふうに父親が子供たちに言うのはどこの家庭でも見られるあたりまえの光景だ。あるいはよく行く食堂でいつものメニューを注文すると、頼んでもいないのに、コーヒーや紅茶が添えられていた。

「頼んでませんけど」

驚いてそう言うと、店の主人が答える。

「サービスサービス」

ちょっとした、「ふれあい」といったようなものがここにはあり、なにやら「サービス」が心温まるお話のキーワードのようだ。ほんとうにそうなのだろうか。

町へ出れば、いやでも、「サービス」を目にすることになり、通りには次のような文字があふれている。

「本日五時より、サービスタイム」

「大感謝サービスセール」

「生タマゴ無料サービス中」

いたるところに、「サービス」は存在する。人はこれを、「サービスの氾濫」と呼ぶだろう。「サービスの氾濫」がさらに高まるにつれ、そこにあった言葉の重みはすっかり消えてゆく。

「サービスセンター」

なにかよくわからないが、だめな感じがするのだ。なにしろ、「サービス」の、「センター」である。先ほども出た、「サービスタイム」にしろ、「サービスセール」にしても、なんなら、「サービスキング」だの「サービス大王」でもいいが、とにかくそこに重みはない。むしろ、重みのなさが人を安心させる。庶民的なというか、大衆性といったものを感じさせ、ある種の産業にとっては便利な言葉になった。

こうして、「サービス」は、「心温まるふれあいの言葉」や、「氾濫する商業的に便利な言葉」としか、人には感じられなくなってゆく。最初から、「サービス」はそのようなものとしてあったのだろうか。その程度のものだったのだろうか。

CD-ROM版研究社『新英和・和英中辞典』によれば、サービス、つまり、serviceの日本語訳は次のように堂々としたものである。

「奉仕」

なにしろ、「奉仕」といえば、「つつしんでつかえること」だ。生半可なものではない。「つつしんでつかえる」といったら、それはもう、「生タマゴを無料」ぐらいじゃだめだろう。「つつしんでつかえるから生タマゴ無料」じゃ誰も納得しないに決まっているので、少なくとも、にわとり五百羽ぐらいはいただきたいところである。

いったい何が、この国において、「サービス」をここまで貶《おとし》めてしまったのだろう。口当たりのいい軽い言葉にしてしまったのか。私が考えるところ、もっぱらそれは、「サー」にあるように思えてならない。

「サー」

この「サー」を延ばす音の前で人はついどうでもいい気持ちになるのではないか。「サー」が調子をつけるので、食堂の主人に、「サービスサービス」などと言われてしまうのだし、「生タマゴ無料」といった程度の価値しかもたなくなるばかりか、たとえ父の日に父親が、「きょうぐらいサービスしろよ」と言ったところで、子供たちは、冗談としか思わないだろう。だから、私はこの言葉、「service」を、いまとは変わった日本語の表記にしたい。そのことで、「サービスの復権」をはかりたいのだ。

唐突だが、今後は、次のような言葉にしてほしい。

「サルヴァイス」

あきらかにまちがっている。まちがっているにちがいないが、誰がなんといおうと、ここは、「サルヴァイス」でゆく。父の日の朝。父親が子供たちに言う。

「きょうぐらい、サルヴァイスしろよ」

それを聞いて子供たちは、「そうだ、サルヴァイスだ。つつしんでつかえよう」と思うにちがいないのだし、食堂の主人は、「あの人、いつも来てるお客さんだ。サルヴァイスしなくちゃな」と考えたとしたら、「サービス」ではコーヒーか紅茶だったが、そんなものでは「サルヴァイス」にはならないと、ステーキぐらい焼いてくれるに決まっているが、もしかしたら、「よく来てくれる客だからっていちいちサルヴァイスなんかしてたらたまんない」と、何もしないかどっちかだ。

「サルヴァイスの質量は大きい」

人の態度をこんなにも変える。

「サルヴァイスセンター」

なんだかわからないが、たいしたものである。

ウルトラ。

以前、私は自作の戯曲で、「ウルトラ」を登場させたことがある。これといって激しいドラマがあるわけではないその作品は、印刷屋の主人一家と、そこに出入りする者らのお話だが、主人の妻とその姉の会話に、「ウルトラ」が出てくるのだった。なにか会話していた途中で、思い出したように中年の姉が、「どうだった、ウルトラ?」と妹に質問する。けれど、いったい「ウルトラ」がなんなのか、見ている者にはよくわからない仕組みになっている。わかるのは、姉がすすめ、「ウルトラ」を妹に渡したらしいということで、効果のほどが知りたくて姉は質問したのだろう。

「だめだめ」と妹。

「いいのよ、あれ」

「そうかしら」

「いいのよ、すごくいいのよ」

姉は、しきりに、「いいのよ、ウルトラ」と、それを強調するものの、二人の会話を聞いている限り、具体的なことはなにもわからない。だが、わからないなりに想像できるのは、それが、薬品とか、健康器具の類らしいということで、ことによると、「精力剤」とか、「ドリンク剤」といったものかもしれない。劇中、「ウルトラ」の効果に妹は半信半疑で、「ウルトラ」もかたなしだが、もし効果があるとしたら、このネーミングはかなりいけるのではないかと、作者である私は考えていた。

「どうだった、ウルトラ?」

「よかったわよ、ウルトラ」

「でしょ、ウルトラ。すごいのよ、ウルトラ、ものすごいのよ」

「ウルトラはねえ」

「ウルトラだものねえ」

といったことになって、なんだかよくわからないが、もりあがるのではないだろうか。

「もりあがる」とはすなわち、ある意味での祝祭性だとするなら、「ウルトラ」とはつまり、そのようなものとしてある。

よくわからないが、なんだか、もりあがるなにか。

私の記憶がたしかなら、この言葉が一般化したのは六〇年代だ。

「ウルトラC」

といえば、東京オリンピックやメキシコオリンピックあたりで、体操競技の高度な技を表現する言葉だったし、「ウルトラＱ」は、おそらく、「ウルトラＣ」をもじったのだろう有名な円谷プロ製作による「怪獣モノ」のＳＦドラマだ。「ウルトラＱ」はヒットし、その後、「ウルトラマン」のシリーズへとつながってゆくが、こうして高度成長期に「ウルトラ」が一般化されたのは単なる偶然ではなく、時代がそれをうながしたというか、なにかここはひとつ、ぱーっともりあがる言葉がほしいね、といったことになったと私は考えるのだ。

「ダイナマイト」

というのもちょっといけるような気がするが、これは五〇年代に、日活アクション映画に、「マイトガイ」というのがいたくらいで、すでに過去のものだった。補足すれば、マイトガイの、「マイト」は、ダイナマイトの、「マイト」だ。もし、なにかのまちがいで、体操の技を、「ダイナマイトＣ」と呼ぶようになっていたらどうだっただろう。

「ダイナマイトＱ」

あのＳＦドラマのタイトルはこうなっていたのだし、さらにシリーズ化された作品には次のような連中が登場するのだ。

「ダイナマイトマン」

「ダイナマイトセブン」

「ダイナマイトマンエース」

つくづく、「ダイナマイト」でなくてよかったと思わざるをえないが、じゃあ、「ウルトラ」だったらいいのかというと、考えてみればこれもどうかと思うのだ。

「だって、ウルトラだぜ」

これは、私の戯曲のなかの、それを強くすすめられた印刷屋の主人の台詞だ。私も彼に共感する。「いいのよ、ウルトラ」と言われても、ほかにどう答えられるだろう。「だって、ウルトラだぜ」としか言いようがないではないか。だが、六〇年代は、「ウルトラ」を選択した。そこには、必然性があった。時代の潮流が、「ウルトラ」を求めていたのだ。

だとしたら、現在はどうなのか。不況にあえぐこの国の現在は。

誰しもが、「ウルトラじゃないよな」と感じるのは当然だが、「だからこそ、ウルトラなんじゃないの」と、「ウルトラ」をすすめる姉なら言いそうな気がしてならないのだ。

「だからこそ、ウルトラ」

その言葉はこの国を救うだろうか。救われないにしても、きっと姉は、そうでもしなければやりきれないだろう。姉の気持ちも理解できる。よくわからないが、なんだか、もりあがりたいにきまっているのだ。

ファミリー。

ガンで死んだある俳優に、生前、一度だけ会ったことがある。知人のコンサートの打ち上げだった。俳優は、ある刑事ドラマで壮絶な死に方を演じたし、アメリカ映画にも出演し、まだこれからという若い死は多くのファンを悲しませた。コンサートの打ち上げの席だった。俳優は私の知人に、別の若い俳優を紹介し、こう言ったのだった。

「こいつ、うちのファミリー」

私は一瞬、耳を疑った。なにしろ、「ファミリー」である。まあ、言わんとするところはわからないでもない。「仲間の一人」といった意味だろう。それをわざわざ、「ファミリー」と表現したのには、なにか意味があるのだろうか。

たとえば、友だちと町でばったり会ったとしよう。友だちは、両親や妻、さらに子どもと一緒にこれから食事に行くところだった。軽い挨拶のあと、ごくふつうに家族を私に紹介する。だが、けっしてこんなふうには言わないものだ。

いや、もちろんそのことになんら間違いはない。ファミリーにちがいないのだ。これがいきなり、わけのわからない嘘をついたとしたらそっちのほうが問題だろう。「中国から来ている珍さんのご家族です」などと、そんな意味のないことを人はけっして口にしないが、「ファミリー」よりはいいような気がするのだった。

ここには、意味もなく英語で表現することに対する違和感がある。

たとえば、「明日の朝は七時に起床」というのを、「トゥモロウのモーニングは七時にゲットアップ」なんてわけのわからないことを言われたら誰だっていやだろう。以前、家の近くにある喫茶店で、朝、コーヒーを飲むことがよくあった。そのたびに見かける初老の男性がいた。きまってモーニングサービスを注文するが、メニューに、ゆで卵と目玉焼き、どちらかを選ぶことになっており、男性は毎朝、決まり文句のようにこう口にした。

「モーニングを、サニーサイドアップで」

ばかもの。いったいどういうつもりだ。間違ってはいないが、メニューには目玉焼きと書いてあるのだ。よくよく考えると、「目玉焼き」って言葉もすごいことになっているが、それにしたっていきなり、「サニーサイドアップ」はないじゃないか。

俳優が口にした、「これ、うちのファミリー」の、「ファミリー」はそれらとは異なる意味がある。「意味もなく英語で表現する違和感」ではない。違和感というよりは、聞いているこちらが恥ずかしい気分にさせられるようなもので、俳優が口にしたときの、「ファミリー」が持つ、いかにも、「いかした感じ」が、「いかしてる」だけに、恥ずかしいのだ。

今年（98年）のはじめ、長野オリンピックでのことだ。スノーボードの実況中継で、NHKのアナウンサーが伝えた言葉にも私は驚いたのだった。

「スノーボードの世界では、技が決まって見事だということや、かっこいいということを、『クール』と表現します」

いかにも実直そうな声のアナウンサーがそう言ったのである。実直そうな声と、「クール」には違和感があったが、それ以上に、恐ろしいものを予感せずにいられなかった。それからしばらく、スノーボードの中継を私は冷静に見ることができなくなっていた。もしNHKのアナウンサーが実況中、見事に決まった技に対して、いきなりこう叫んだらどうだろう。これが落ち着いて見ていられるだろうか。

「決まった、見事だ、クールだ！　クール、クール、クール！」

それだけはやめていただきたい。英語圏の者らがそれを日常的に使うのはいいとしても、日本人が使ったときの、この「いかした感じ」は、どうしたって許せないだろう。幸いにもアナウンサーはそこまで恥ずかしさを知らない人ではなかった。

俳優が発言した、「ファミリー」に私はそれと同様の恥ずかしさを感じたが、では、「ファミリー」がおしなべてそうなのかというと、そうでもないところに、この言葉の不思議が存在する。「ファミリーレストラン」はどうだっていいような気がするのである。さらに、旅行代理店や保険業者が企画する「ファミリープラン」とか、あと、「動物ファミリー」「ファミリーセット」「ファミリー劇場」「健康すこやかファミリー」といったものどもは、大衆的な言葉として、見事に定着しているように感じる。

なぜか単体がだめだ。単体になると、いきなり恥ずかしいのはなぜなのだろう。

「こいつ、うちのファミリー」

ファミリーの一員にならなくて、ほんとうによかったと私は思っているのだ。

タイム。

日本語に現れるカタカナの言葉には、翻訳してはいけないものや、翻訳するのが無意味なものがある。たとえば、音楽の、「ロック」や「パンク」がそうだ。あえて誰も訳そうとはしない。以前、私は無理矢理そうした言葉を日本語に置き換える遊びをしていた。たとえば、「パンク」はこうだ。

「あらくれ」

なんとなく感じが出ているだろう。

だとしたら、あれはいったいどういうことになっているのだろう。「タイム」という言葉だ。字義通りに受けとめれば、当然、「時間」だが、ここにはそれだけでは収まらない問題がある。

たとえば野球のプレー中、選手が両手を使って「Tの字」を作り、「タイム!」と宣言するのをしばしば見かける。審判が両手を振り、「タイムタイム!」などと声を上げてプレーが中断する。日本語にすると奇妙なことがここに起こったことになる。

「時間！」と選手が要求する。

「時間時間！」と審判がプレーを中断する。

なんだか変じゃないか。

だが、あれは競技に特別な言葉だからしかたがない。「一時休止」とこの場合は日本語にするらしい。「野球」はかつて、日本でも「ベースボール」と呼称されていた。第二次世界大戦中、敵国の言葉として使用を禁止され、「野球」と日本語をあてられたのは有名な話だ。「フォアボール」が「四球」、「スチール」が「盗塁」はわかるが、「タイム」がどういうことになっていたのか私は知らない。「時間」じゃまずいだろう。「休止」とでもしていたのだろうか。

そして、「タイム」は、スポーツの競技の言葉から一般に広がり、あたりまえに使われるようになったことで、なにか複雑な事態がそこに生じることになる。

「ちょっと、タイム」

しばしば人は、こう口にする。

たとえばごくあたりまえの夫婦喧嘩だ。夫婦喧嘩にさえ、「タイム」は出現し、「だから、俺は仕事が忙しいって、何度も言ってるだろう」と夫が声を荒らげれば、妻も、「それが勝手だって言うのよ」と負けてはおらず、さらに夫が、「だからな」と反駁《はんばく》しようとしたとき、突然、妻が、両手でTの字を作って言うのである。

「ちょっと、タイム」

妻は立ち上がった。夫はいぶかしそうに、「なんだよ」と問う。妻はさも当然のように答えるだろう。

「お風呂の水、止めてくる」

つまり、「ちょっと、タイム」はたいていの場合、それほどたいした問題ではないのである。だから、重大な疾患の患者を受け持つ医師が、友人と将棋をしているという状況ではそうはいかない。携帯電話が鳴り、病院から患者の容体が、突然、変化したと知らせを受けたとしよう。一緒に将棋をさしていた友人に、医師がこう言ったとしたらどうか。

「ちょっと、タイム」

これはどうにもまずい気がする。

こんな言葉で、医師が病院に駆けつけてはまずいだろう。患者だっていい気持ちはしない。人の生死に関わる問題に、「ちょっとタイム」はないんじゃないのか。

そして、「タイム」を表現するのに、たいていの場合、「ちょっと」を付属させるのも問題にしなければならない。べつの言葉ではいけないのか。

「もっと、タイム」

ま、これでは、なにがなんだかわからないので、言われたほうも戸惑うしかなく、「ぱっと、タイム」って、これもよくわからないが、だったら、「ひょろっと、タイム」はどうだ。どうだってこともないが。

だが、「ちょっと」ではいかにも重みがないからといって、量を増加させればいいという問題でもない。

「ものすごく、タイム」

いったい、この「タイム」はどれくらいの時間になるのだろう。

「待たなきゃいけないのかなあ。ずっと待つのかなあ」

言われた者は不安でしかたがないのだ。だが、覚悟を決めなければいけない。なにしろ、「ものすごく、タイム」だ。ただ待つ。じっくり腰を据えて待つ。こうなると、宗教的な色合いを帯びてくるし、なにか中国大陸の雄大な自然と向かいあっているようなスケールの大きさも感じる。だが、雄大な割には、どうも、「タイム」が軽い。どうだっていいような気持ちにさえなる。やはりここは、「ちょっと」がふさわしいのだろうか。「タイム」とは、その程度の言葉なのだろうか。

「ちょっと、タイム」

時間を切断する、ごくささいなその休止は、人の生そのものにも感じるのだ。

パワー。

以前、人から聞いた子どもの作文の話は示唆的だった。まだ小学生の女の子の作文だ。彼女は、しばしば、「ふんにゅー」という言葉を使っていた。たとえば、朝、目を覚まし、ふとんから出るときその言葉を叫ぶ。

「ふんにゅー！」

すると、力が湧いてくるというのだ。一気にふとんから跳ね起きた。他にもさまざまな場面でこの言葉を使った。その言葉さえ口にすれば、力がみなぎったのだ。この「ふんにゅー」という言葉は、自分が作ったものだと、ながいあいだ彼女は考えていた。ある日、不安になったのだ。もしかすると、すでに存在する言葉かもしれない。彼女は辞書を引いた。その言葉はあった。辞書には、こう記されていた。

「ふん-にゅう【粉乳】牛乳を濃縮乾燥して粉末にしたもの。これに糖分・ビタミン・無機質などを加えた調製粉乳や、脱脂した脱脂粉乳などがある。粉ミルク」（岩波書店

（『広辞苑　第四版』）

どうやら粉ミルクらしい。その瞬間、あの粉ミルクの独特な匂いを、彼女は鼻先に感じたことだろう。どこか甘い匂い。いやな気分が彼女を襲う。

「粉ミルクか、粉ミルクだったのか……」

それ以来、「ふんにゅー！」といくら叫んでも、力が出なくなってしまったという。なぜなら彼女はもうすでに、「ふんにゅー」が粉ミルクのことだと知ってしまったからだ。

この話から、解釈しようと思えば、「言葉の強制力」ともいうべきものについて、さまざまに論を展開できるが、ここで私が書きたいのはそんなことではない。ただ、「パワー」という言葉について書きたいのだ。

「パワーは、パワーだからよかった」

それを口にすれば、誰だってなにかこみあげてくるものがあるはずだ。そして、「よし」などと声を出し、がんばろうという気にもなってくるだろう。「パワーは、パワーだったからよかった」としか言いようがないものがこの言葉にはある。これが仮に、

「ふんにゅー」だったらどうか。

「よーし、きょうも、ふんにゅー全開！」

などと口にしたところで、どうにも調子がでないだろう。ほんとうに、「パワーは、

パワーでよかった」のである。

しかしながら、私がこの言葉を聞いて、いやな気持ちになるのは、それがある種の、神秘主義と結びつくことがしばしばあるからだ。

「おお、神よ、わたしにパワーをあたえてください」

などと、わけのわからないことを口にするやつがいるのだ。そして、さまざまなものがそこに派生する。いったい、あれはなんだったのだろう。

「ピラミッドパワー」

もう十数年も過去のことだ。そんな言葉が流行した。当時、ピラミッド状の奇妙な形の構造物のなかに人が入り、なにやら瞑想めいたことをする場面をよく見た。「ピラミッドパワー」だ。ピラミッドの形からなにか不思議な力が与えられるという。あのピラミッドはどこに行ってしまったんだ。どこに片づけたんだ。もしかすると、家を新築するのに、うっかりピラミッド型にしてしまったうっかり者もいるかもしれない。さぞかし、パワーにあふれていることだろう。

だったら、あれはどうだ。

「ヒランヤパワー」

言葉を耳にしたことは何度もあったが、その実体はよくわからない。「ヒランヤ」というのはいったいなんだったんだ？　どこからその力は出てくるんだ？　「ヒランヤ」

という言葉がそもそも怪しいではないか。私は最初、ヒマラヤと何か関係しているのかと思ったが、どうやらそうではないらしいし、まして、平山みきとも関係ないだろうって、あたりまえだそんなことは。

だとしたら、「ストーンパワー」はどうだ。

石である。

たしかに石には、なにか秘められた力があるかもしれない。太古からの記憶がその内部に眠っていると感じるからだ。だが、「ストーンパワー」の、あの俗物ぶりは、そうした石の持つ可能性とはまったく無縁である。

「恋人ができる石」

それを手にしていると、恋人ができるのだという。恋人ぐらい、石なんかに頼らず、自分の力でなんとかしたらどうなんだ。ほかにも、「受験に合格する石」だの、「集中力が増す石」「事故に遭わない石」、なんなら、「身長が伸びる石」でも「お肌がつるつるになる石」でも構わないが、石をそんなに甘くみていいと思ったら大まちがいだ。

こうなってくると、一概に、「パワーは、パワーだからよかった」とも言えなくなってくる。いっそのこと、「ふんにゅー」にしてやりたいものだ。

「ピラミッドふんにゅー」

さぞかし、粉ミルクくさいことだろう。

コントロール。

私が子どもの頃、なにより仲間うちで重視されていたのは、コントロールだった。べつに野球の話ではない。いまではよく理解できないが、私たちはよく石を投げていた。ことあるごとに石を投げた。ほとんど意味がないが、ときには意味のある石投げもあった。たとえば、バドミントンをやっていると、羽根が木に引っかかってしまうことはしばしばある。木に向かって石を投げた。羽根を落とすためだ。

そこでなにより要求されるのが、コントロールにほかならない。まだ年少の者らが石を投げても羽根はいっこうに落ちてこない。それを黙って見ていた名人がおもむろに登場するのだ。

「そろそろ俺の出番かい？」

名人が石を手にする。ねらいを定めて石を投げると、羽根があるあたりの枝に見事に命中する。石の衝撃で羽根がすーっと落ちてくる。

さすが名人だ。

名人は私たちよりひとつかふたつ年上だったから、まだ小学校の五年か六年だったはずだ。ずいぶん若い名人である。小学五年生のくせして名人とはなにごとだ。けれど、名人のコントロールは見事だった。一度だって失敗することがない。よく使われる言葉で表現すれば、「針の穴を通すようなコントロール」だ。

しかし、子どもの私たちが、「コントロール」という言葉を使っていたかは、はなはだ疑問である。

スポーツの中継などで耳にしていたかもしれないが、日常で使っていたとは考えにくい。コントロールという言葉を知らなかったとしたら、あの「羽根落とし」の技術をどう言葉にしていたのだろう。

「名人」

それしかないだろう、やはり。

いったいどこでコントロールという言葉を覚えたのだろう。いまになってみればたしかなことはわからない。そして、知った瞬間に、「羽根落とし」のことを思い出したのではないか。

「あれは、名人なんかじゃない。あれは、コントロールだ」

そして、人生においてなにより重要なのはコントロールだと思い知らされる。なにしろ、子どもの頃、もっとも尊敬されていたのは、石を投げ、羽根を見事に落とす名人の技だったのだから。

そもそも、コントロールとはなにか。例によって、CD-ROM版『研究社英和中辞典』にはこう記されていた。動詞だけを引用しよう。

1〈…を〉支配する、管理する、監督する／管制する。2a〈…を〉抑制する、制御する、統制する、規制する。b［～oneselfで］自制する。3（ある規準に対して）〈実験などを〉照査する、照らし合わせる。

やはりそうだ。この素っ気ない辞書の表記を目にして誰もが感じるのは、「たいせつなのは、これだな」ということだろう。なにしろ、「支配」であり、「管理」である。おまけに、「抑制」ときた。大切だと考えるしかないじゃないか。

ここにあるのは、「大人的なるもの」だ。

そして、子どもの私たちが、そこに感じていたのは、「大人」そのものだ。

「名人は大人だ」

木にひっかかった羽根を落とす名人、つまり、「コントロール」に憧れるのは、「大人に憧れる」ということにほかならない。大人はすごかった。なんでもできた。

「リンゴの皮をこともなげにむく」

その鮮やかな手つきにどれだけ子どもは憧れたことか。

「缶詰を、缶切りを使って上手に開ける」

なんてすごいんだ。

「高いところから飛び降りる」

英雄である。

「熱い風呂に我慢して入る」

そんな恐ろしいことまで、大人はしてしまうのだ。

繰り返すが、ある日、子どもは、「コントロール」という言葉を知る。知ってしまった瞬間に、子どもたちは、子どもであることをやめる。

「人生にとって大切なのはコントロールだ」

だが、大人になったいま、あの木にひっかかったバドミントンの羽根を、石を投げて落とすことができるか私には自信がない。それらしく見せることはできるかもしれない。名人にはなれないが、名人らしく見せるコツは覚えた。

なにしろ、私は、大人だからだ。

コントロールではない。コントロールがいいように見せるちょっとしたコツである。

「ハイキング」と「ピクニック」。

それを人がどのように使いわけているのか、私はよく知らない。「ハイキング」と「ピクニック」だ。

というのも、いまだかつて、「じゃあ、あしたハイキングに行こうか」と口にした記憶がないし、ピクニックとて同じこと、「来週の日曜はみんなでピクニックに行こう」などと提案したこともなければ、人から誘われたこともない。

たとえ言葉として知っていても実感をえられないものはしばしばあるもので、隣人が出かけるのを見かけ、「お出かけですか?」と声をかけたとき、その答えにそれを使われたとしたらどうだ。

「ええ、ちょっと、ピクニックに」

どうもリアリティがない。隣人はチロルハットなどかぶっているのだろうか。肩から水筒だ。もしかしたら、地図や磁石だって持参しているかもしれないのだ。

ほんとうに、「ハイキング」と「ピクニック」など、この世界に存在するのだろうか。それを考えはじめるときりがないので、ひとまずここはあるということにしよう。

「歩いている人の、五〇パーセントはハイキングかピクニックだ」

すると、「ハイキング」と「ピクニック」は、どこが、どう異なるのかという疑問は、だからこそ重要である。なぜなら、もしふらっと外に出かけ、自分が、いったいいま何をしているのかわからなかったら、それは存在そのものの危機だからだ。

「俺はいったい、いま何をしているんだ。俺は歩いてる。歩いているけどわからない。ピクニックか、それとも、ハイキングなのか」

はっきりさせなければいけないのである。存在が問われでもしたら、おちおち外に出ることもままならないではないか。ある知人にそのことを質問した。迷うことなく彼は答えた。

「ハイキングは高いところ、ピクニックは平たいところ」

ずばりそう言う。つまり、山登りとまでいかなくても、少し山に入って行くのがハイキングで、ピクニックは山には入らず、もっぱら平地を歩くというような意味だろう。だが、そう考えると、平たいところと知人が語る、その場所が具体的によくわからない。平たいところとはなんだ。

「屋上」

平たいぞ。あるいは、「競技場」はどうだ。「体育館」「ボーリング場のレーン」「卓球台」

平たいところは数多くあるが、たとえ平たくてもそんな場所を歩いたところで、ピクニックとは言えないのではないか。

またべつの知人は質問に対して落ち着いた口振りでこう答えた。

「大勢で行くのがピクニック、三人程度で行くのがハイキング」

数できたか。数で考えるのは悪いわけではないが、「三人」という数字はどこから出てきたんだ。五人はどっちなんだ。五人がピクニックで、四人までがハイキングだとしたらどうだ。そんなグループが鉢合わせする。五人グループのピクニックする者らが、四人のグループを見てさげすむ目をする。数えなくてもいいのに、わざわざ人数を数え、こんなふうに言うだろう。

「ああ、ハイキングか」

わけのわからない優越感にひたるのだ。ちょっとぐらい人数が多いからって、そんなにピクニックが偉いのか。

知人たちに質問したところでらちがあかない。最初から資料にあたるべきだった。平凡社大百科事典の、「ピクニック」の項には、ずばりこう記されている。

「野外に出かけて食事をすること」

驚くべき解答である。

あれは、「歩くこと」とはなんの関係もないのだ。たしかに、「野外に出かける」のだから歩くだろうが、最大の目的は「食事をする」ことだ。そのために歩く。食事をするのに適当な場所を求めて歩くのだ。さらに、記述は続く。

「元来は〈持ち寄りの宴会〉を意味した」

いったい、「持ち寄りの宴会」とはなんだ。私が書いた戯曲に、『箱庭とピクニック計画』という作品があるが、あれは、『箱庭と持ち寄りの宴会計画』なのか。なんだそれは。さらに、「日本の〈花見〉なども、ピクニックの一つであろう」とあって、「ピクニック」という言葉が持つ、明るさに満ちた軽やかな足取りなど、どこにも存在しないのだ。

だとしたら、「ハイキング」はなんだ。

「野外を歩くこと自体が目的の場合は、ハイキングと呼ばれる」

こうして考えると、私は、「ハイキング」をこそ支持したい。なにしろ、「歩くこと自体が目的」だ。まっすぐな態度だ。いさぎよい姿だ。「持ち寄りの宴会」などに比べたら、ずっと純粋である。

サンキュー。

そのハンバーガー屋が店じまいをしたのは冬になる直前だった。気がついたら改装工事がはじまっていた。それで私はほっとした。胸のつかえが降りるような思いがしたのだ。

なぜなら、注文をするたびに店員が、「サンキュー」と、わけのわからない返事をするハンバーガー屋だったからだ。

もちろん、「ありがとうございました」という気持ちを込めてそう口にしているのはわかるが、バイトに来ているのは外国人ではなかった。どうみても生粋の日本人である。しかも、ほかのハンバーガー屋とはちがってなぜか主婦が多かった。「サンキュー」と主婦が口にする。どこか恥ずかしそうだ。もうひとつ開放感がない。身体の奥から言葉が出てこないとでもいうような、もどかしさがその言葉にはあった。しかも、けっして客と目を合わせようとしない。遠くに視線をやって弱々しい声音で口にする。

「サンキュー」

店の接客マニュアルにそうあるのだろう。注文を受けたら「サンキュー」と答えなければならないのはわかるが、だったら、もっと堂々としたらどうなんだ。

最初、主婦はひどくとまどったにちがいない。バイトを募集する張り紙を見て店にやってきた。店長らしき男が説明する。「じゃ、簡単にうちのやり方を説明させてもらいます」

店の制服を着せられた主婦にしてみれば、こうした店のバイトははじめてではなかったので、さして緊張もしなかった。どうせ、注文を聞くときは笑顔で応対するようになどといった、決まりきった内容にちがいない。店長らしき男は、マニュアルを開いて話をはじめる。いくつかの決まり事を説明したあと、いよいよそのことに触れた。

「注文を受けましたら、サンキューと答えてください」

ところが店長らしき男の言葉は、最後のほうがうまく聞き取れなかった。だんだん、小声になっていったのだ。

「なんですか？」

主婦は聞き返した。店長らしき男は、「サンキューと答えてください」と同じ言葉を繰り返すが、やはり、小声だ。男もまた、マニュアルにあるからそうしているだけで、このことに自信があるのではなかった。「なんですか？」と主婦は繰り返す。

男の声の様子が不意に変わった。「だから、サンキューです」

必要以上に大きな声だった。主婦は驚いて相手の顔を改めて見た。店長らしき男の視線はどこか遠くに向かっていた。そしてぶつぶつ小声でつぶやくのだ。「サンキューなんですよ、ええ、サンキューじゃないとまずいんです。なぜって、ここにあるんです。このマニュアルに。ほら、サンキューって。いや、べつに、私だって、その、なんていうんですか、こうしたことを、こころよく思っているわけではないわけで、でも、やはりマニュアルはマニュアルです。上の方から、いろいろ、あれですからね、だから、やっぱり、ここはひとつ」「サンキューですか？」「サンキューです」

そして主婦は、ゆっくりした口振りであたりまえのことを言った。「ありがとうじゃいけないんですか」

男は一瞬ひるんだが、あらためてマニュアルを開き、そこに記された文章を読むと、精一杯、声を大きくして口にした。「サンキューでお願いします」

これほどの悲劇がこの世にあるだろうか。

たった一つの言葉によって、二人の人間が、よくわからない空間に置き去りにされる。言葉の前で茫然とたたずむしかないのだった。

「サンキューでお願いします」

こうなると、自分でも何を言っているのかわからないだろう。いったい、何を言っているのだこれは。

こうして人は、「サンキュー」に翻弄されるが、それよりもっと激しい悲劇とは、このことになんの疑いも持たない者の存在だ。いつものように店長らしき男は、「注文を受けましたら、サンキューと答えてください」と説明するだろう。なんの疑いも持たない者は、むしろ、それを聞いて目を輝かしたのではないだろうか。いきなり言うのだ。

「サンキュー」

ことによると、親指を立てた手を、店長らしき男に差し出していたかもしれない。かつてハンバーガー屋のあった場所は、コンビニエンスストアーになった。レジに若いバイトの男がいるのが表のガラス越しに見える。男は客に対してどう応対しているのだろう。まさか、「サンキュー」というのではないだろう。もし、「サンキュー」と口にしたらどうしたらいいか。まして、「チャオ」などと言うのはかなりまずい。「グッドラック」はどうか。「グッバイ」もわけがわからないし、「ラストー」にいたってはいよいよことである。

II

茫然とする技術

ぶらぶらする

最近では下北沢の町がある種の流行りということになっている。知らない人のために簡単に説明すれば、東京の井の頭線と小田急線が交差する場所に位置し、本多劇場やザ・スズナリなど、劇場がいくつもあることで知られている。ここ数年、急速なにぎわいを見せた町だ。

「きのう、下北沢をぶらぶらしてね」

そんなふうに話を切りだすのはごく普通だ。どこそこの店でなにを買ったとか、劇場でいま上演している舞台のことを話題にすれば、「下北沢でぶらぶらする」というそれだけで、話のきっかけにはなる。もちろん新宿や渋谷、原宿といった大きな町でもいい。

ところが、突然、次のように話し出したとしたらどうだろう。

「きのう、武蔵小金井をぶらぶらしてね」

これも説明が必要だと思うが、武蔵小金井はＪＲ中央線沿いにある小さな町だ。小さいとはいっても、高尾とか、西八王子とか、亀有といった都心からかなり離れた場所でもなく、いわば、中途半端な位置に存在する。

「中途半端な場所をぶらぶらする」

別に悪いことではないのだ。どんな場所をぶらぶらしたところで、誰にとがめられるすじあいのものでもない。だが、ここにあるこの中途半端な違和感を、どう考えたらいいのだろう。

「なぜ俺は、武蔵小金井をぶらぶらしているのだろう」

武蔵小金井の町をぶらぶらしつつ、人は誰だってそんなふうに感じる。少し歩けば、商店街は終わる。これといって見るべき店はない。向こうには蛇の目ミシンの工場。さらに歩けば住宅街。ぶらぶらとは本来、こういうものだったのだろうか。

「ちきしょう。もっとめりはりのきいた『ぶらぶらする』をしたいよ」

つい人はそう考えがちだが、私はこれこそが、新しいタイプの、「ぶらぶらする」だと考える。

人はたいてい、「ぶらぶらする」にふさわしい場所や町を知っている。先に書いた、新宿や下北沢がそうだ。いわば、「ぶらぶらするのに値する町」だが、そんなものは誰もがすることであって、渋谷をぶらぶらしたって面白味はないし、「池袋をぶらぶらしてね」と口にしたところで、なんの新鮮味もない。

武蔵小金井をぶらぶらしてみたまえ。

あるいは、小田急線の経堂はどうだ。東急線の学芸大学でもいいし、西武線の都立家政だっていい。ほんとうに中途半端な気持ちになるだけだ。だからいいんだ。中途半端な気持ちが大事なんだ。そこにこそ、これから人が目指すべき、「ぶらぶらする」の姿がある。

こうしたもの、こうした状態を私は、「ぶらぶらするを異化する」と呼びたい。

かつてなら、銀座の町をぶらぶらすることを、「銀ブラ」と言葉にした。さしずめ、武蔵小金井をぶらぶらするのは、「武ブラ」だが、結局、どう形を変えたところで、凡庸な表現にしかならない。武蔵小金井をぶらぶらすることをこう言葉にしたらどうだ。

「銀ブラ」

もう、ぶらぶらするのは、なんだって銀ブラである。都立家政だろうが、経堂だろうが、どこにいたってぶらぶらしていればそれは銀ブラだ。新宿や渋谷もそうだ。池袋もそうなら、大阪や福岡もそうだ。これが、「ぶらぶらするを異化する」の意味だ。だったら、銀座はどうなのか。

銀ブラである。

あたりまえじゃないか。銀座をぶらぶらするんだから。

以前から私は、次のように言葉にする者がいないことを不思議に思っていた。

「きのう、ちょっと、うちの台所をぶらぶらしてね」

もちろん、言葉の使い方として、これが正しくないのはわかっている。なにか、べつのことを意味しているのかと考えたくもなるが、これは文字通り、「台所をぶらぶらした状態」を意味している。棚をのぞき、冷蔵庫を開けた。なにか食べるものを探していたのかもしれない。台所で彼の意識はそこかしこを徘徊する。これはまさしく、ぶらぶらしていたのだ。

つまり、「ぶらぶらする」とは、意識のありようのことだ。

武蔵小金井をぶらぶらしてもいいんだ。どんなに中途半端な町だとしても、意識がぶらぶらしていれば、それは「ぶらぶらする」になる。椅子に腰をおろしたまま、長いあいだじっとしていた人が、ふとこんなふうに口にしても、まったく不思議なことではない。

「いま、ちょっとだけ、ぶらぶらしちゃった」

意識はどこに行っていたのだろう。どこか遠い世界をぶらぶらしていたのかもしれない。

人はぶらぶらする。

中途半端に、曖昧に、意味もなく、ただただ、ぶらぶらするのだ。

発酵と腐敗

ものごとは、おおむね、「だめ」になってゆく。

先日、新宿で時間をつぶす必要ができ、京王線の乗り口ちかくにある喫茶店に入った。もう十年ほど過去のこと、京王線沿線に住んでいた頃は、急ぎの原稿を片づけるのによく使った。かつては、コーヒーをきちんと飲ませる店だった。カウンターの向こうには、いかにも美味しいコーヒーを淹れてくれそうな中年の男がいた。落ち着いた音楽が流れ、コーヒーの香りが漂う。

久しぶりに入ってひどく驚いた。

すっかり、「だめ」になっているのだ。荒れ果てていた。カウンターの向こうにはバイトとおぼしき若い男。男はカウンターの下に隠れてこっそりたばこを吸う。コーヒーはひどく不味く、音楽は有線が流れ、あげくの果てに、スパゲティらしきものがメニューにある。焼きうどんがなかったのだけがせめてもの救いだ。

「焼きうどん」

以前、べつの場所でも取り上げたので簡単に書くが、喫茶店において、「だめ」を象徴する存在として、「焼きうどん」があることはよく知られている。スパゲティだったら許されるのか。そんなことはない。コーヒーの店では、どんな種類のものだろうと、食べものが出たら、もうほとんどおしまいである。

「フォワグラ」

だめだ。誰がなんと言おうと、喫茶店はコーヒーを飲む場所だ。フォワグラだろうが、北京ダックだろうが、だめなものはだめだ。

「手打ちそば」

そんな手間のかかるものをわざわざ出すのは、だめなのかどうなのか、ひとつ議論のわかれるところだが、ここは、やはり「だめ」ということにしたい。だいたい、喫茶店で、そばを手で打っていたらどうだ。それは喫茶店ではなく、そば屋ではないか。

だが、奇妙なことに、私にはその喫茶店の「だめになった姿」がたいへん興味深かった。だんだん、そうなっていったのだと想像すると、そこに、なんとも表現の複雑な、味わいともいうべきものを感じるからだ。

「だんだん、だめになってゆく」

店のオーナーは気がついていないのではないか。私が来なくなってからの十年、そのあいだに、いったいなにがあったのだろう。

さて、ほぼ同様の現象が発生しているにもかかわらず呼び方の異なる、「腐敗」と「発酵」という一つの結果がある。人にとって有益なら「発酵」、そうでなければ「腐敗」だ。きっと、「だめ」にも、これによく似た二種類の「だめ」があるのではないかと私は考える。いい方向に、「だめ」があらわれる表現者と、「だめ」が、そのまま「だめ」になってしまう表現者がいる。後者の場合、その「だめ」は、よくありがちな、「酒におぼれ、ギャンブルで借金を作り、妻にも逃げられ、世間からも見放され」といったことではなく、むしろ、「生活者としての成功」かもしれない。あるいは「安定」。「安定」こそ、「表現者」をむしばむ最悪なプロセスだと考えると、それはもう、あなた、俳優も、作家も、ダンサーも、画家も、音楽家も、やくざなことこの上ないのである。だから、「発酵」ともいうべきなにかを表現者に見たいのだ。

おそらく、「美」は、その不確かでもろい、偶然のある瞬間に、目を凝らしていなければ見逃してしまうほどの速度で出現する。

とはいっても、一般的に考えて、速度を高めることは困難だ。まして、意図して速度を高め、「だめ」を目指し、「発酵」を実現しようとしたところで無理が生じるだけだろう。ごくさりげなく、淡々と、無理のない程度に、「だめ」を実現する。

だからこそ、人は、「だめな喫茶店」を探さなければならない。発見した「だめな喫茶店」で、ただ時間をやり過ごすことが、「発酵」への第一歩である。

「店で働く者が、時計を気にしている」

これは、「だめな喫茶店」を発見する大きなヒントだ。おそらくバイトだろう。そろそろ終わりの時間だ。働くことに意欲を感じないその態度が、「だめな喫茶店」には、空気として流れている。

「常連とおぼしき客が店に犬をつれてくる」

犬はだめだ。犬という動物がだめなのではなく、犬を許してしまう店の態度が、「だめ」をいやがうえにも強調する。

「常連とおぼしき客が店に猿をつれてくる」

さらにだめである。

茫然と、だめな喫茶店で、無為な時間を過ごす。反省などしてはいけない。「なんでこんな店に入ってしまったんだ」という反省は、すぐに「腐敗」につながる。堂々とだめを味わおうではないか。ふつふつと身体の内部からなにかがわいてくる。自分では気がつかないかもしれない。それこそが、「発酵」の、「発酵」たるゆえんである。

商店街往復

知人の劇団が上演する舞台を見に行ったときのことだ。ぎりぎりに行ってあわてるより、余裕を持とうと少し早めに家を出た。劇場に着くと、劇団のスタッフの一人が私を発見するなり、「早いですね」と言った。少し余裕を持って家を出たからと私はなにか優越感を感じていたかもしれない。さらに、知り合いの俳優に会うと、彼もまた、「どうしたんですか、やけに早いですねえ」と珍しいものを発見したような顔をする。彼ばかりではない、会う人がことごとく、「早いですね」と驚いたように口にするのだった。劇場の様子がおかしいことにそのときになってようやく気がついた。開演直前の雰囲気ではない。向こうでは演出家がダメ出しをしている。制作はまだのんびりとしている。ストレッチする俳優たちはまだジャージ姿だ。それで私は知ったのだ。

「開演の二時間前に到着してしまった」

驚いたことに、その日に限って、夜の部の開演は八時だった。舞台の開演はたいてい七時だと思いこんでいた私の失敗だが、劇場のロビーにある時計を見れば、まだ六時を少しだけ過ぎたところだった。時計の針を見ながら私は途方に暮れていた。いったいこの時間をどう過ごせばいいというのだ。それはべつに、舞台の開演に限った話ではない。人は往々にして、「つい、早く到着してしまった」という事態に陥るのである。よく知られているように、「遅れる」という状態はなにかと問題を引き起こしがちだから、「遅刻」はしばしば問題化されるが、逆に、早く到着してしまったことの悲劇は重要視されない。人はうっかりすれば必ず時間を持て余す。そして、それまで、「早く到着してしまったことの悲劇」など考えてもみなかったせいで、その対処の方法などなにも持ち合わせていないのだ。

「まだ、二時間ある」

劇場のロビーにある時計を見ながら、ただ私は茫然とするしかなかった。こんなところでうろうろするのは、関係者に迷惑だ。だからといって、いったいこの二時間をどうつぶせばいいのか。

こうした状況を、「剰余の消費」と名付けたいと私は考えたが、そんなことを名付けたところで事態はいっこうに好転しない。まだ、二時間ある。誰か知り合いが来ないだろうか。話し相手がいれば少し剰余を消費できるだろうが、そんなときに限って、知り合いはやって来ない。

だったら、犬はどうだ。

犬が来れば、ボールなどを投げ、それを犬が走って取りにゆき、くわえて戻ってきたそのボールをまた投げ、さらに犬は走り、くわえて戻ってきたボールをさらに投げ、繰り返して遊んでいるうちに、少しは時間をつぶせるだろう。

だが、劇場に犬は来ない。

あたりまえじゃないか。だったら、スナネズミはどうかとも考えたが、考えているうちにばかばかしい気分になってやめたのである。

「こんなとき、トランプがあればな」

もちろん、クロスワードパズルでもいいし、なんならジグソーパズルでもいい。たとえ、ジグソーパズルが完成するとそこにミッキーとドナルドの絵ができたとしても、時間がつぶせるなら、やってやろうじゃないかという気持ちに私はなっていたのだ。トランプやクロスワードパズルはもちろん、劇場にはジグソーパズルは存在しないし、卓球台やお菓子の出てくる子供用のパチンコも、時代遅れのテレビゲームもなかった。

なぜならそこは、ひなびた温泉にある小さな旅館の、ちょっとした休憩室ではないからだ。

そのへんをぶらつこうと、劇場の外に出た。商店街を歩いてみる。にぎやかな商店街が道の先まで続いている。店先を見ながらしばらく歩いた。そして私は知ったのだ。

「商店街はもうここで終わり」

ちょっと歩けば、たいていの商店街はすぐに終わってしまうのである。時間をつぶすといってもせいぜい五分程度がいいところで、仕方がないから、私は都合、三往復した。

「商店街を三往復」

それがいったい、なんになるというのだ。

たしかに時間をつぶすことにはなったが、それもせいぜい二十分ほどだ。まだ時間はある。もっと往復しようかとも考えたが、あまりの単調さに限界に来ていた。

「商店街はせいぜい三往復だな」

それが我慢の限度である。

だったら、町を一周してみよう。

町は、何周まで我慢ができるだろうと考えながら、腕時計を見た。まだ、時間は一時間以上ある。町を歩こう。ただただ、町を歩くのだ。せめて、三周はしなければいけないと私は思ったのだった。

月末論

いまや、「世紀末」、あるいは、「終末」という言葉に代表される、「末」の時代である。顔を合わせれば誰もが巨大隕石の地球衝突を熱っぽく議論しはじめ、ノストラダムスの予言や人類の滅亡といった話題が通俗的に語られるかと思えば、映画や文学もまた、「末」の傾向を色濃く反映し、赤瀬川原平が書いた、『老人力』がベストセラーになったことも、「末」の時代を象徴したものだろう。町に出れば、「末」の空気はいやでも感じられる。どことい って新しいものが生み出される気配や熱気もないまま、人は、老舗のデパートの閉店セールに群がるのだ。「末」である。どんづまりだ。誰もが終末を予感する。いやおうなく、「末」の時代を意識せざるをえないのである。

だが、人は、あまり、「月末」について語ろうとはしない。

たとえば、「週末」は、なにか心騒ぐものがあり、日曜を控えて誰もが走りださんばかりの印象を与えるが、こと「月末」を支持するべき材料は少ない。仕事を片づけるべき区切りが「月末」であり、もし約束をしているのなら「月末」にはなんとか果たさなくてはいけないのだし、もちろん、借金は月を越さぬうちに返すべきだ。人は、「月末」にこそ生きなければならない。そして、忘れがちな月のおわりを深く認識するためにいま必要なものはなにか。もちろん、「終末論」などではない。

「月末論」である。

いったい、月末とはなんだ。字義通り受け止めれば、単純に、「月のおわり」としか理解のしようがないが、それ以上の意味があるからこそ、「月末」は様々な形で人を抑圧する力となるだろう。無意識のなかに、月末が常に存在し、そのことの抑圧が人の生を覆っているとすれば、言葉を変えるなら、「月末論」の本質とは、次のように表現されるものになる。

「人は、月末に向かって生きている」

よく知られているように、一年のなかでも二月の「月末」は、それ以外の月に比べ、より深刻な問題を抱えている。

「いつもより早く来る」

それで人は、二月に入り、十五日を過ぎたあたりで、たいていこんなふうに口にする。

「今月、二十八日しかないよ」

まるでそれが二月にするべき儀礼的な挨拶のようにそう言葉にするが、なぜ、人は、二月の月末がいつもより早く訪れることにあれほどの衝撃を受けるのだろう。なぜ、毎年きまって、それを忘れるのだろう。たとえば、十二月、こんなふうに驚く者はあまりいないだろう。

「あ、今月でもう、今年も終わりだよ」

ほんとうのことを書けば、「月末」に対して、人は驚くことを禁じられているのだ。八月の後半に、こんなふうに口にする者がいたとしたらどうだ。

「あれ、八月が終わると、次は九月?」

あたりまえである。いきなり十月が来たらどうだ。なにか損した気分になるしかないじゃないか。八月にそんなことを口にするのはけっして許されない。だとしたら、二月はなんだろう。誰もが、二十八日か二十九日しかないという二月の特殊性に驚き、そしてそれを受ける者もまた、ま、そりゃあ、驚いても仕方がないとおだやかにやり過ごす。

「あ、今月って、もしかすると、二十八日までだっけ?」

「そうだよ」

「まずいなあ。今度の臨時国会さあ、二月三十日開会ってことにしちゃった」

「しょうがないなあ」

ふつうしょうがないではすまされない種類の失敗だが、二月はそうではない。二月だったら、そういうことも許されるのである。いったいこれにはどんな意味があるのだろう。

二月とは、「月末」の抑圧から人が息を抜くための、ある種のアジールである。それがあるからこそ、抑圧にも耐え、「月末」を生きることができるのだ。繰り返すが、「人は月末に向かって生きている」のである。その反復のなかに生がある。ひとつの月末を越えると、また次の月末。だからときとして、「月末なんか来なければいいんだ」と思いがちだが、残念ながら、「月末」は必ずやってくることになっているのだった。

月のめぐりが、人の身体に影響する。

それだけでも月のおわりを特別なものとして人は意識するが、無意識のうちの抑圧の働きはもっと激しく、「月末」に向かって人を追い立てる。「終末」なんてそんなにたいしたことではないのだ。まして、人類の滅亡の未来などそれと意識できるだけでも、まだましである。

とるに足らないからこそ、「月末」の前で人は茫然とする。こんなものがなんだと思いつつ、それへの抵抗はむなしい。ただ立ちつくす。ぼんやりやり過ごしつつ、人は生きている。

小走りの人

人は、どういった理由から、「走る」ことになったのだろう。狩猟民族はわかるのだ。獲物を獲得するのに、走らなければならない事情があったはずで、とろとろしていたら、逃げられてしまう。逆に、捕まえようと思った獲物に反撃され、追われることもあっただろう。

走らなければいけない。

必死だ。死にものぐるいだ。ちょっとでもスピードをゆるめれば襲われる。生死に関わる問題である。狩猟民族は走った。可能な限り速度を上げようと、走ることに対して意識的になり、研究もし、鍛練すらしたかもしれない。

「俺が思うに、右足を前に出したら、すかさず、左足を出すべきじゃないのか」

あたりまえである。だが、そうした単純だと思えるような問題も狩猟民族の者らは必死に考えた。繰り返すが生死に関わる問題だったのだ。「だったら、そのとき、腕を、こう、ぐるぐる回すのはどうだ」と言い出す者もいたかもしれない。

「それはどうかな」

長老が、「腕をぐるぐる回す理論」を唱える若者の言葉を遮ってそう言った。議論は白熱する。「腕を組んで走るのはどうか」とか、「腕を上に上げて万歳するのもいいんじゃないか」という者すら現れる。さらに革新的な理論も提出された。

「動物が速いのは、あれ、前の足も使ってるからじゃないか」

「数はな」

「そうだろ、多いほうがいいにきまってるだろ」

黙って聞いていた長老は再び言う。

「それはどうかな」

なおも議論は白熱する。そしてきっと誰か言い出すだろう。

「だったらやってみようじゃないか」

そうして実践され、さらに改善が施され、走ることの研究は深化されるが、ある日、ふとしたことから新たな発見がある。

「前かがみに走るとなんだか速い気がする」

とんでもない意見である。それまで人々は、背筋をぴんと伸ばし、むしろ後ろに反り加減で走っていたのだ。

「なんだって」

「前かがみだよ、前かがみ」

そして誰かが言い出すだろう。

「やってみようじゃないか」

狩猟民族は走る。その意味はよくわかる。だとしたら、農耕民族はどうだったのだろう。なにか走るべき理由が存在しただろうか。

「ものすごいスピードで遠くにある芋を取りに行く」

そんな必要があっただろうか。

「広大な農作地の向こう側に鍬を置き忘れたので走って取りに行く」

狩猟民族の走りにあった、「生死の問題」とはまるで異なるもの、しいていうなら、なにか間抜けさがここには漂っていないだろうか。そんな農耕民族である。彼らさえ、「走る」に意識的になるとしたら、そこにはよほどの状況が出現したのだろう。それは、「闘争」だったかもしれない。あるいは「伝達」、そして「がむしゃらな恋」「借金取りに追われる」「泥棒」など、様々な事情が人を走らせることになったはずだが、なんにせよそこには、ある特別な状況が存在するはずだ。

走っている大人が怖いという話を、もうずいぶん以前、ある場所に書いた。

子どもが走るのはごくあたりまえの状況で、むしろ、ゆっくり歩いている子どものほうが気味が悪いが、必死の形相で大人が走るのを見ると、なにかそこに、不穏なものを感じるしかないのである。事件の匂いがする。あってはならない出来事が、いままさにそこで発生しているのではないかという、いやな予感だ。

ところが最近、しばしば、小走りの大人を町で見るのだった。

「耳に携帯電話を押し当てた小走りの人」

しかも、携帯電話を耳に押し当てた小走りの人は、たいていの場合、店から飛び出してくるのだ。なにかあわてている。しかも、黙って走っていればいいものを、携帯電話を耳にしているから当然かもしれないが、何やらぶつぶつ話しているのだった。

「わかりました。それは、はあ、ちょっと、いま、こっちも、いろいろあれなんで、追ってあれしますんで」

何を言っているんだおまえは。

しかも小走りである。

もちろん、店の中で携帯電話を使うのは失礼だという気遣いで、あわてて外に飛び出したのだろうが、なんにせよ、あれは、かなりだめな状態ではないだろうか。だが、「耳に携帯電話を押し当て店から飛び出して来る人」は気がついていないのだ。自分がいま、どんなにだめな状態にあるのかまるで意識できないでいる。

様々な事情が人を走らせる。

獲物を追うために走ることを意識した人々はやむにやまれぬ事情でそうした。そしていま、また新たな走りが生まれた。

「携帯電話を耳に押し当て店から飛び出してくる人」

かつて、これほどだめな走りがあっただろうか。

素にもどる契機

最近、エッセイばかり書いている。

たいてい私の書く文章は、「興味を引かれた事象に対するコンセプト」のようなものを中心にし、それが横にずれたり、派生するものへと飛躍したり、それらを構成することで成立する。この「興味を引かれた事象に対するコンセプト」が浮かべばすぐに書けるが、なにも出現しないときもあり、それが苦労といえば、苦労になる。

このコンセプト、あるいは、アイデアと呼んでもいいようなものが浮かばないときは、たいてい自分のことを書くのだった。いわゆる、「エッセイ」である。

「このあいだ、友だちのT君に会ったら、こんな面白いことがありました」

といった種類の話だ。このとき、いわゆる「素にもどる」と、俳優のあいだで話されるような状態に自分が陥っている気がするのだった。

「素にもどる」

これがちょっと恥ずかしいのだ。正体を見られたような気がして、いたたまれない思いがする。ある場所にエッセイを書いたが、いつものような文章を渡すと相手の編集者が、「いまかかってる芝居の稽古のことを書いて欲しいという意見もあるんですよ」と言うので、私はしまったと思った。

「こいつ、俺の正体を見ようとしている」

とんでもない話である。俺の正体を見てどうしようというんだ。たとえば、アイドルやミュージシャンだったら、「正体」は人の興味を引くだろう。だが、人はあまり、「劇作家の正体」などに興味はないのではないか。

「別役実さん、ゴミの収集日に、早起きして生ゴミを出す」

いや、私は別役さんのことをよく知らないが、そんな「正体」が別役さんに仮にあったとしても、だからといって、それがなんになるというのだ。それが人の興味を引くだろうか。引くかもしれない。かなり引く。もし別役さんが生ゴミを出しに行くとしたら、私はちょっと、その姿を見てみたい。

まあ、それはいい。

俳優が一瞬、「素にもどる」という状態はたしかにある。あの瞬間はいったいなんだろう。見ている側はその瞬間、なにかそこに、「崩壊」ともいうべき姿を発見して、「演技」と呼ばれるものとはべつの、「演劇的」なるものを見いだしていないだろうか。たとえば、『マクベス』の稽古中だとしよう。俳優がマクベスの台詞を発している。

「もう報告はいらぬ。逃げたいやつは逃がしておけ。バーナムの森がダンシネーンに向かってくるまでは」

と、そこまで台詞を口にしたところで、突然、二十数年、会っていなかった幼なじみが、なんのはずみか稽古場に出現してしまったとしたらどうか。

「バーナムの森がダンシネーンに向かってくるまでは、あれ、よっちゃん、よっちゃんだろ。あんた小学校の時の、あの、ほら、一緒だった、よっちゃんだろ」

いきなり素に戻ってしまうのだった。

二十数年ぶりの再会が、この「素」を生み、「素」が、「演劇的なるある瞬間」だとしたら、二十数年という時間の堆積がそれを作ったのだろうか。

いいや、そうではない。

なぜなら、稽古場に現れたのが、「二十数年ぶりに、なんのはずみか、突然、出現した幼なじみ」ではなく、たとえば、「近所のラーメン屋の出前」だったとしても、同じことは起こるからである。

「バーナムの森がダンシネーンに向かってくるまでは、お、来たか」

台詞を発している途中で俳優はそれを発見して、唐突にこう口にするのではないか。

「待ってたよ、腹、減ってんだよ、遅いじゃないかこのやろう」

そのとき、マクベスを演じる俳優の正体が出現するのだ。

「あの人は、見事な演技でマクベスを演じていたが、お腹はすいていた」

あきらかにこれは、「崩壊」である。なにかが壊れたのだ。ほかにも数多くの、「素にもどる契機」が俳優には存在する。「突然、照明が落ちる」「ものすごい地震」「目の前に百万円が落ちていた」などと並べていったらきりがない。台詞の途中、突然、俳優がこう口にする。

「俺、やっぱりバイトやめる」

そのことがずっと気になっていて、ふと素に戻った彼は、無意識のうちにそう言葉にしてしまった。こうなると、「契機」もなにもあったもんじゃないが、「素」とはそれほど恐ろしいものなのである。「恐ろしい」とは演劇的ということでもある。その瞬間のなにかよくわからない「崩壊」にもまた、人は、演劇を見るのだ。

「素」はいやだ。

たとえ書くことに苦しんでも、「素」だけは見せたくない。「正体」を見られたくないからこそ、私は文章を書いている。

ほとんど意味のない情報

舞台の稽古に使うスタジオまで、一度、両国駅からタクシーで向かったことがある。その駅に降りるのはおそらく初めてのことで、タクシーに乗るにはどこに行けばいいか考えながら、駅の建物を出たのだと思う。駅の前には数人の若い女たちがいて、改札を抜けて駅を出てくる者らに小さなサイズのチラシを配っていた。つい、受け取ってしまったのだ。無意識のうちに受け取ったと書いてもいい。タクシー乗り場はどこかと考えているうち、差し出されたチラシを私は無意識のうちに手にしていた。チラシには赤くて大きな文字があった。

「カラオケルーム歌広場」

ふと気がついて驚いた。いったいこれはなんだ。いつの間にこんなものを手にしていたんだ。

「カラオケルーム歌広場」

繰り返すことに意味はないが、ともかく赤い大きな文字でそうあったのだ。けれど、それはただのチラシではない。ただの紙切れでもない。単にチラシだと考えれば、それをゴミとして片づけるだけのことだが、問題はもっと深いところにあると考えなくてはいけない。

私がうっかり受け取ってしまったのは、つまり、「情報」である。

そこには、「カラオケルーム歌広場」の文字よりさらに大きく、「280円」とあるし、「安さ日本一」とも書かれ、さらに、「学生割引200円」とあった。「ワンドリンクサービス、もちろん歌い放題」と記されているばかりか、「全四十四室」だそうだが、そんな情報がいったいなんになるというのだ。私はカラオケが嫌いだ。何かの拍子にカラオケに行くことがあるかもしれないが、両国駅には、今後、来ることはまずないとしたら、こんな情報はほとんど無意味ではないか。だが、私の手のなかには、「カラオケルーム歌広場両国駅店」の情報がある。

「情報」を手にしたまま、両国駅の前で私は途方に暮れていたのだ。

ほとんど意味のない情報。

渡されたのだ。つい受け取ってしまった。しかも無意識のうちに。途方に暮れるしかないだろう。

それがたとえば、株取引に関する有益な情報が書かれたメモだったらどうだったか。

あるいは、美しい女性の電話番号が記されているのでもいいし、宝のありかを示す地図という、うさん臭いものでも情報としての価値はそのほうがずっと高い。

「カラオケルーム歌広場」

繰り返していると、だんだん腹がたってくるが、両国駅をしばしば利用するカラオケ好きには有益な情報かもしれない。彼らには重要だろうが私にはほとんど意味がない。だって、カラオケだぞ。

よく、「大量の情報のなかから、何を選択するかが重要」と、もっともらしいことが口にされるが、いくら大量でも意識しているぶんそんなものはとるにたらない。

無意識のうちに手にしてしまった情報。

気がつかないのである。気がつかないうちにすっと入っている。

「駅前にある定食屋、カウンターの上の梅干しは食べ放題」

たしかに梅干しは嫌いではないが、わざわざ知るほどのこともない。つい知ってしまった。うっかり情報をつかんでしまった。そのことで私は、無料の梅干しを何個食べなければいけないのだろう。

ついロにしてしまう

人はものごとの対処について、それほど多くのことを知っているわけではないので、仕事が重なり、ストレスがたまり、肉体的にも精神的にも追いつめられたとき、たいてい誰もが同じようなことを口にする。

「あー、旅に出たい」

出たいのだ。旅にである。人はおおむね、疲れたら、「旅」のことを思う。ほかに何かなかったのだろうか。

「あー、穴が掘りたい」

こうしたとき、「穴」のことを考える者はまれだ。「土だよ、穴だよ、掘るんだよ。ちくしょう、もう少し時間があればなあ」と会社のトイレなどでぶつぶつぶやく者がいれば、人はそれを異常だと考えるだろう。「旅」には、なにか、「身体の解放」の印象があり、解放といっても人に嫌悪感を与えることのない、「差し障りのなさ」と、言葉そのものが、口にした者の意識のありようを見事なまでに伝える。

「どっかに、穴でも掘ろうかな」

いったい、そうつぶやいた者の意識をどう解釈すればいいというのだ。だから、「旅」とは、「旅」という言葉はメディアである。そこに伝達すべき何物かが含まれている。私はべつに「旅」を肯定しているのではない。そんなありふれた言葉をつい口にしてしまうことをこそ、問題にしなければならないのだ。「つい口にしてしまう」とは、なにも考えていないということだ。

「疲れた」→「旅に出る」

この構図をまず疑うことからはじめよう。反射的にこの構図が出現する。そう来たら、こう返すといった「何も考えない運動」が、日々、連続していくうちに、人は老いていく。だからといって、何度も繰り返すようだが、「穴」はだめらしい。つまり「何も考えない構図」から逃れようとして、突飛になってもいけないのだから、ことはひどく複雑である。

「疲れた」→「屋根に登る」

気持ちはわからないでもないが、これもだめなのではないか。「あー、屋根に登りたい」という、同僚のつぶやきを聞いて、人はどう感じるだろう。バカが出現したとしか考えられないではないか。なにしろ屋根だ。子どもだったらまだいいが、いい大人が屋根はないじゃないか。

「屋根は、バカを予感させる」

だったら、「鉄塔」はどうか。あるいは、「五重の塔」はだめなのか、と考える向きもあるだろう。ここで私は提言したい。

「中途半端に高い場所はだめだ」

だから、「山」は案外、いけそうな気がするのである。「旅」と似たメディアとしての感触がここにはある。「山に登りたい」と口にしてわかるのは、ここにロマンがあることだ。「山」がいいのだとしたら、人はすぐに、「海に行きたい」と口にしたくなるものの、ただの海水浴になってしまってロマンもなにもあったもんじゃないが、「海」もこうすれば可能性が出現するから不思議だ。

「海が見たい」

よくわからないが、いいことになっているのだ。

けれど、「旅」や「山」、そして「海」もいまでは凡庸である。もっと新しいメディアとしての言葉はないのだろうか。

「あー、あの世が見たい」

むずかしいところだ。気持ちはわかる。メディアとしても新鮮だが、なにかまずいような気もするのである。

うつむきかげんで歩く人

あるとき、何があったのか自分でも忘れたがうつむきかげんで歩いていた。そして、うつむきかげんだったから、その貼り紙を発見したのだが、電信柱の根もとのあたりに、「うつ病」という大きな文字があった。もちろん、電信柱の貼り紙だけに、大きいといってもその程度のものだが、問題なのは、うつむきかげんだったからこそそれを発見できたこと、つまり、そうでなければ発見できなかったことだ。

なにしろ、「うつ病」である。

それは、「うつ病」や、「ノイローゼ」「どもり」「赤面症」といった、精神的な病を治すというふれこみの、どちらかといえばうさんくさい種類の広告だ。おそらく、ビルの一室で開業しているありがちな治療院だろう。

だが、彼らの戦略に私は驚いた。電信柱の根もとにそれはあった。それが根もとでなければならなかったのだとすれば、広告がターゲットにしているのは、「うつむきかげんで歩く人」である。

それはそうだろう。彼らの治療院を必要とする患者が、堂々と胸を張って歩いているわけがない。空を見上げる者もだめだ。首をぐるぐる回す者もだめだが、電信柱があれば必ず頭をぶつける者もだめだろう。

うつむきかげんで歩く人。

貼り紙といえば、ついその内容に目がいきがちだが、貼る場所と位置に注目し、ターゲットとする者らの視線を意識したことに私は驚いたのだった。ここには、「貼る側」の絶妙な繊細さがあるのではないか。「繊細さ」と書いたらほめすぎのようにも感じるが、それはまた、ある一面、「貧乏くささ」でもあるし、同時に、「暗さ」でもあり、「電信柱の根もとの貼り紙が語りだす物語」に、私はおののいてもいたのだった。

インパクトや話題性を追求する広告があるのはもちろん理解できる。むしろわかりやすい。明るさがあり、まさにそれが「マス」ということだ。そこへいくと、電信柱の根もとの貼り紙は、インパクトや話題性があったら、かなりまずい。

こっそりそこにたたずんでいる。

そうでなければだめだ。巨大な広告塔が渋谷の公園通りあたりに立ったらどうだろう。巨大な文字でそれが書かれているのだ。

「ノイローゼ」

これでは患者に申し訳ないと私は思うし、そもそも、うつむきかげんの彼らは巨大な広告塔に気がつかないかもしれない。あるいは、東京ドームのキャッチャーの背後にその文字があったらどうだ。広告効果は絶大である。ナイター中継のあいだずっと人はそれを意識している。

「赤面症」

こうなると、広告効果など問題ではないだろう。うつむきかげんの患者たちにやはり申し訳ない気持ちになるのだし、そんなことをして彼らがまた赤面してしまったら、その責任を誰が取るんだ。

視線である。

受け取る側はどんな視線を持っているのか。物語はそこに生まれる。だから、「電信柱の根もとの貼り紙」は魅力的だった。「扉があればつい開けてみたくなる人」には、それにふさわしい貼り紙が必要だが、「扉があればつい開けてみたくなる人」がどんな連中かについて、私はそれほど、詳しくはない。

手渡しのメディア

つい、人は「小さなメディア」に心が揺れる。新しいタイプのメディアや、マスに対して、それに抗《あらが》う種類の、どこか心情的な反発に陥りがちだが、私は、あれを、製紙産業の操作ではないかと疑っているのだ。

ここでは、「小さなメディア」を、「手渡しのメディア」と表現しようと思う。

それを代表するのは、「紙」だ。「石」に文字を書き、それを手渡しする方法がいけないわけではないし、雨の日など紙は濡れて困るが、石にそんな心配は無用だ。じゃあ、「木」はどうだとか、「金属」はどうなんだということになるが、燃えない石と同様、それぞれに長所はあるものの、「石」も「木」も、「金属」も、おおむね、渡されたほうは迷惑だし、渡すほうだって大変である。どうやって運べばいいというのだ。私がかかわっている演劇の世界では、各劇場でチラシを配布する。あれが「石」だったら、困るのは配る者たちだ。重くってしょうがない。だから、「手渡しのメディア」における、

「紙」の地位は盤石である。製紙産業は安泰ではないか。

たとえば町で配られるティッシュペーパーも、「紙」の変種だ。不本意ながら便利だということもあって人はつい受け取ってしまうが、便利だからという理由だけでは、「木」でできた、「割り箸」を町で渡されても、渡されたほうは困惑する。ティッシュペーパーを渡す者らは無言だが、「割り箸」を渡す者らは、なにか無言ではまずいような気がする。何か言わなくてはいけない気にさせられるのだ。

「お召しあがりください」

町でいきなりそんなことを言われたらいったいどうすればいいというのだ。「紙」だな。やはり、手渡しには「紙」である。

だが、しばしば、ニューメディアはどんな世界にも登場するもので、かつてビデオテープを手渡しした者らがいた。「紙」に印刷された文字より、これからはビジュアルだとでも考えたのだろう。あるいは、コンピュータのフロッピーもある。ビデオテープもフロッピーも渡すには手ごろな大きさだ。結果は、「紙」の圧倒的優位に終わるのは最初から目に見えていた。なぜなら、それらが、「手渡し」の、つまり、「小さなメディア」の分野で戦おうとしていたからだ。それはかなわない。相手と同じ土俵で戦っては勝ち目がない。そこでは「紙」が圧倒的な優位にある。

もちろん、「マス」の弊害に対して小さなメディアを対置するのは有効だろう。批評する意思があればいいのだが、製紙産業の陰謀によって、それは批評の意思ではなく、ある種のロマンチシズムへ、ノスタルジーへと誘導されるので、つい人は訳のわからないことを口にする。

「懐かしいよな、ガリ版刷り。やっぱ、なんかあれだよ、手づくりの温かみがあるよ」

それは嘘です。

いまや、テレビをはじめとするマスを批評する態度は凡庸になりがちだ。なぜなら、テレビの前の、一億の視聴者の誰もが一様に批評家だからだ。テレビを批評する場所は、テレビの前だけでいい。小さなメディアは必要だ。それがロマンチシズムに陥らなければ常に有効である。「紙」である必要もない。ちなみにインターネットというメディアで、私が発信する場所、ホームページのタイトルは、「PAPERS」である。

でかい声

やはり、「伝達」ということになると、「声」だろう。声は重要な位置にある。声はメディアだ。言葉の意味内容ではなく、単に、声からさまざまに情報を受け取り、だからこそ人は、次のようなものをひどく恐れるのである。

「でかい声のおやじ」

声の大きさだけで、物事を処理するのだ。何を言っても構わない。どんなにでたらめな論理でもいいし、つじつまが合おうが合うまいがそんなことはお構いなしだ。「でかい声」を出して解決する。

「あした、亀、五万で、一週間！」

いきなりでかい声で言う。もう、こうなると、何を伝えようとしているかよくわからないが、「でかい声」に圧倒され、「そうか、亀か、亀、五万か、あしたは、そうなのか、一週間か」と、つい納得してしまうが、納得するほうも混乱している。それが顕著なのはテレビなどでよく見かける討論会で、そこには声の大きさだけで相手をねじ伏せようとする者がいると書けば、どうも凡庸な批評めくが、ただ言えるのはあれがひどく見苦しいことだ。相手をねじ伏せたと本人は満足かもしれないが、見ている者にとっては単に不快なだけだ。

その不快さはおそらく町で耳にする「あの声」から受ける感じと同様のものにちがいない。

「安さ爆発！」

大型量販店などで、その店頭に据えられたスピーカーから大音量で通りに流れるあの声だ。「安さ爆発！」だそうだ。いったい、これは何が言いたいのだ。「安さ」が、どうやら、「爆発」するらしい。「安さ」に形があるのだろうか。形がなかったら、「爆発」はしないだろう。だが、「安さ爆発！」というあの大音量が人を魅了するから不思議だ。「爆発だよ、爆発、ちきしょー、やってくれるぜ」とばかりに、人はついつい買い物をしてしまう。

だとしたら、あの画家の、あの言葉はなんだったのだろう。

もちろん、私は画家に対して悪い印象を持っているのではないが、ここまで考えてくると、あの有名な、「芸術は爆発だ！」もまた、通りに流れる大音量と同様なものとして感じてしまう。そして、ことによると、あの画家も、「でかい声のおやじ」なのかという疑いも生じる。

困ったな、「でかい声のおやじ」は。

だから私は、「遠い声」を発したいと思う。それもまた、異なる形のメディアだ。そこには強引な力はない。むしろ、遠くからその声がかすかに流れれば、つい耳を近づけたくもなる。押しつけるのではなく、声を聞こうとこちらに足を運んでくれた人に、いつもと同様の、ごくあたりまえの声で話しかけたいのだ。声が届く距離はほぼ誰だっておなじだから、そこには、適度な位置が生まれる。気持ちのいい、「伝達の関係」が生まれるはずだ。あの、「でかい声のおやじ」たちにこの国を支配させてはいけない。あれは単に「でかい声」だ。それ以上のものはなにもない。

それにしても、「でかい声」のためには腹筋が必要だろうな。日々、連中は鍛練しているのだろうか。

「声が出なくなったら俺もおしまいだよ」

命がけである。命がけの声だ。それがまた、うっとうしいのだ。

郵便受けはメディアである

郵便受けにはさまざまなものが放り込まれている。

風俗業の女性の写真が刷り込まれた小さなチラシ。あるいは、粗雑なコピーの裏ビデオを販売するチラシもあれば、証券会社や、自動車販売メーカーの営業マンが入れたのだろう手づくりのチラシもある。毎日のように入っているピザ屋のメニューもあれば、ダック引越センターのあの妙なアヒルもいるし、東京ガスのファンヒーターの森本レオもいる。さまざまだ。

たしかに人は郵便箱をたいてい毎日、確認するので、人の目に触れる確率は高いが、郵便箱にものを勝手に入れるのは、人のポケットにものを押し込むようなものではないか。

いやだろうな、気がつくと、ポケットに風俗の小さなチラシが入っている。

なにかの折、ポケットに手を入れると、ふと気がつくのだ。風俗のチラシである。人からどう思われるか知れたもんじゃない。郵便受けは、「郵便」を入れる場所である。だから、その名前がついた。いったいいつからそうした状況がつくられてしまったのだろう。

いま、郵便受けはメディアになった。

この先、どんなものが入れられるようになるか想像すると、空恐ろしい気分になる。たとえば、こんなものが入っていたとしたらどうだ。

「山田さんの家の、家族全員の健康状態」

近所の、ある家の主婦が入れる。まさかそんなものをと思うかもしれないが、いまや郵便受けに、「まさか」はない。あるかもしれないのだ。なにが入っていてもおかしくない。

「うちの家族はこんなに健康です」

それを誰かに伝えたい主婦がいて、その方法を思案しているうち、郵便受けにゆきつくのは当然の成り行きである。

ないとは誰も断言できない。

あるいはこんなものだってあるかもしれない。

「となりの家の、おじいさん」

郵便箱の中にきっちりおじいさんが収まっている。しかも、ベレー帽をかぶっている。

いったい、この謎をどう解いたらいいというのだ。

繰り返すが、いま、郵便受けはメディアになった。メディアは進化する。「進化」が、想像を絶するなにかをそこにもたらし、今後、なにが放り込まれるかは誰にも想像できない。けれど、進化する外枠とは裏腹に、いま、現実として私たちが目にするのは、どれもこれも不可解な印刷物だ。それもまた、メディアの宿命なのだろうか。

「三姉妹」

いきなりこうきた。よく電話ボックスに貼られている小さなチラシと同じサイズだ。その中央に、「三姉妹」とあるのだが、それだけでは、これがなにを意味するのかまったくわからない。そして、「三姉妹」の文字の横にこう記されている。

「愛と夢と真心と」

だからなんだ。「三姉妹」はわかった。「愛と夢と真心」もわかった。それで結局、なにが言いたいんだ。

それらの文字よりずっと小さく、そこには、こう添えられていた。

「マッサージ」

愛と真心はなんとなくわかるが、いったい、「夢」とはどういうことだ?

山武ハネウエルを訪ねる

それはよほど何もすることのないときだった。手にした百円ライターをじっと私は見ていた。本体に何か紙が貼ってあり、そこに注意書きがある。

「ああ、そうか、直射日光や、五〇度以上の高温はさけなきゃいけないし、焼却してもいけないんだなあ」とつくづく思ったが、さらに読めば、「顔から離して点火し、消火を確認すること」とある。あたりまえじゃないか。けれどそんなこともどうでもいいのだ。問題は、注意書きの最後にこの百円ライターを製造したのだろう会社の名前があったことだ。

「ヤカ・フードル（株）」

聞いたことのない企業の名前だった。「ヤカ」とは何か。さらに、「フードル」とは何だ。プードルだったら犬の種類だが、いくら犬好きでも会社の名前にプードルとつけるやつはいないだろう。しかも、間違えて「フードル」にしてしまったということもありえない話である。連絡先の電話番号がある。市外局番は、「0792」だ。どこだろう。いったいそれはどんな会社なのだろう。トタン屋根の小さな工場で働くのは、社長とは名ばかりの初老の男で、従業員は彼の妻と弟。三人でせっせと、この百円ライターを手作りし、出来たそばから箱に詰めて出荷する。窓からは強い西日が差し、外から、豆腐屋のラッパが聞こえる。西岸良平の世界かそれは。

こうして私たちは、ふと手にしたモノから、しばしばそれを作った会社なり、販売する会社の名前を知ることになる。それが聞いたことのない名前であれば、様々に思いをめぐらすことになるのだし、そこにどんな物語がひそむか、会社の名前を印す小さな文字から想像はどこまでも広がってゆく。

芝居の稽古で、私たちは世田谷区の公立施設をよく利用した。稽古場として使う部屋には、必ずと言っていいほど、妙な計器が設置されている。壁にぽこっと存在するそれは、両手で包めるほどの大きさで、ボタンかなんか付いていれば、室内の温度を調節するのかとも考えられるが、それらしきボタンはどこにもない。ただ何かの計器だとわかるのは、目盛りと針があり、どうやら何かを計っているらしいからだ。何を計測しているのかまったくわからない。ただの温度計や湿度計だったらこんな意味ありげな形をしていないだろう。じゃあ何だ。「アルコール濃度検知器」か。

そんなものがなんになるんだ。

そういえば、似たような種類の計器をこれまでにも幾度か見たことがある。いったい誰がこんなものを必要としているのだろう。一度も目盛りを読んだことがなかったが、読もうとしてもよくわからない。何の目的でここに設置されているのかもわからない。なにか説明が書いてないかと探しても、それらしきものはない。計器にはただ、「YAMATAKE HONEYWELL」とローマ字で会社の名前が印されているだけだ。

「YAMATAKE HONEYWELL」

一度も聞いたことのない名前だ。「YAMATAKE」はどうも日本語らしいが、じゃあ、「HONEYWELL」は何だ？「山武ハネウエル」という、妙なやつの名前か。日系三世かなんかが社長で、社長の名前を会社名にしてしまったのか。だったら、「ハネウエル山武」にすればいいじゃないか。ことによると、山武さんと、ハネウエルさんが二人並んでいるのかもしれない。どんな会社なのだろう。想像しても、いよいよわからない。百円ライターには手工業のイメージがあるが、こうした計器類がどんなところで作られているのか想像するのはなかなかに難しい。

もしかすると、川崎あたりの、町工場で作られているかもしれない。あるいは秋葉原のビルの一室。その小さな計器が私の想像力を刺激してやまないのだ。

こうして私は、YAMATAKE HONEYWELLを訪ねることにした。そこには驚くべき事実が隠されていたのだ。

山武ハネウエルに向かうことになった私は、その会社にたいして何の予備知識もないまま、指定された通り、渋谷から東横線に乗った。編集部の担当者が取材の段取りを取ってくれたので、私は何も知らないまま横浜に向かう。渡されたメモには横浜で乗り換え保土ヶ谷で降り、そこからタクシーに乗れとある。保土ヶ谷という土地もまた、私には未知の場所で、そこから山武ハネウエルをイメージしようにも何も思い浮かばない。わかっているのは、壁にあった妙な計器の形だけだ。どこといって派手さはなく、そっけないほど地味なそれは、無骨な技術者の風貌を思わせた。

ごつごつした手。油に汚れた作業着。天井の低い工場。昼休みを告げるサイレン。中庭で若い技術者らがバドミントンをしている。

キューポラのある街かそれは。ところが私が向かっているのは埼玉の川口ではないのだ。横浜駅からさして遠くない保土ヶ谷である。電車を乗り継ぎ、タクシーに乗ると、窓の外の風景を見つめながら、なにかはぐらかされたような思いに私は支配された。

「ちきしょう。あの計器を作っている会社がこんな場所にあってたまるか。だいたいホドガヤって地名が気に入らないじゃないか。なんだかわからないが、アボカドを思い出すぞ」

とわけのわからないことをつぶやいているうちに、タクシーは目的地に到着した。そこは、いかにも現代的なオフィスビル群である。周囲を宅地が取り囲む空疎な空間に、力任せに高層ビルを建ててしまったような、バブルの残骸を思わせる空気がここら一帯に漂っていた。千葉の幕張や都庁が建てられた最近の新宿西口を想起させる。こんな場所に山武があるというのか。あの無愛想な計器を作った会社がこんな建築物の中にあっていいのか。

エレベーターを降りると、ビルの十数階にあるフロアは、山武ハネウエルのショールームだった。昼休みを告げるサイレンは聞こえないだろう。中庭でバドミントンをする技術者もいないはずだ。出てきたのは、スーツで身を包む係の者らだ。名刺には、「社長室広報グループ」とある。

「こいつら、グループなのか」

彼らに聞こえないような小声でつぶやくと、くらっとめまいがしたが、ここで倒れようものなら、どこか具合が悪いのですかと同情されるだけだ。グループのやつらに、同情などされてたまるものか。いや、そんなことはどうでもいい。問題にすべきなのは、山武ハネウエルともあろうものが、「社長室広報グループ」などというシステムを持っていること自体だ。だってそうだろう。私が惹かれたのは、あの無愛想な壁の計器だった。あんなに地味な仕事をしている会社が、「社長室広報グループ」ってことはないじゃないか。おまえたちは創業の心を忘れたのかと私は言いたい。どんな心か私は知らないが、まあ、なんかあるだろう。ショールームには、山武ハネウエルの製品が並べられていたが、その数から、かなりの規模の会社だということがわかる。地区会館の壁にあった無愛想な計器はその一端にすぎず、オフィスビルのオートメーションシステムなんか作ってるんだから凄い。ではこちらにとショールームに招かれ、「統合化ビルディング・オートメーション」の巨大なコントローラーの前に座ったのはいいが、説明を聞かされても私に何がわかるというのだ。まったく面白くないぞ。こうして彼らの親切このうえない説明を二時間あまり聞くことになったが、そのあいだ私の心はうつろだった。私はなぜこんな場所にいるのだろう。山武ハネウエルの製品はきっとどれも立派に違いないが、私が求めていたのはこんなものではなかったはずだ。

言葉に出来ないわだかまりを抱えながら私はショールームをあとにした。道でタクシーを待ちながら、いま出てきたばかりの空虚な高層建築を見上げ、あのショールームはどこらあたりにあったのかと考えていた。

古きよき

なぜかよくわからないが、「古きよき」といえば、アメリカである。

まるで見てきたかのように、「ここには古きよきアメリカがある」などと人が口にしたり、書いているのを目にすると、どうにも違和感があるが、だったら「古きよきタンザニア」はだめなのか、「古きよきウズベキスタン」だったらどうだと、アメリカ以外の、「古きよき」が問題にされないことへの疑問が違和感のひとつの側面だ。

まずは、「古き」について考えなくてはならない。

いったい、それはどの程度の、古さなのか。「二年前」ではだめだろう。「十年前」もだめなような気がする。だからといって、一足飛びに、「一万年前」ということになると、今度は、「よき」が問題になるので、一万年前の生物や地層がよかったのか、化石が好きなのかと話は考古学的になってどうもいけない。マンモスがよかったとか、三葉虫はどうだと話し出されても、「古きよき」を好む連中は誰も納得しないだろう。アメリカの建国は、独立宣言が出された一七七六年だとすれば、「古きよきアメリカ」もまた、それ以後のことになるらしい。先住民のことなど、「古きよきアメリカ」にとってはどうでもいいのだろう。それ以前の北アメリカ大陸は、ここでいう「アメリカ」ではないということになっているので、この「古き」はたかだか二百二十年以内のどこかになる。そんなものがほんとうに古いのか。百歳を越えた老人が、七十三歳の老人に向かって、「まだまだ若造のくせに」と口にするのにも似て、歴史の長い国から見れば、二百年程度の歴史で、「古い」と言われては心外だし、「若造」どころか、「子供」みたいなものである。「子供」に向かって、「古きよき」もないものだ。

そして、「よき」もまた、どう考えていいのか困難な問題を抱えている。

どこに基準が置かれているのだ。

「古きよきアメリカ」と日本人がしみじみしてしまうようなメンタリティは、当のアメリカ人から見ればひどく滑稽だろう。まして、アフリカ系アメリカ人からすれば、差別の歴史から考えても「よき」などと言われたら迷惑にちがいない。それで日本人が「古きよき」を訪ねてアメリカを旅行し、古い建築など見つけて写真を撮っては、「いいねえ」なんてしみじみするとしたら、浅草に観光に来る外国人よりたちが悪い。そんなことはちょっと考えればあたりまえのことだが、「古きよき」は、何をおいてもアメリカということになっているのだ。

それはつまり、意味のわからない呪文のようなものだ。

口にしたときの感触のよさと考えてもいい。誰も何も考えず、意味を深く確かめぬまま、それをただ反復する。当のアメリカ人がそれで感傷にひたるのは勝手だが、日本人は滑稽だ。何も考えぬまま、口にする。言葉の響きをただ楽しむ。たしかに、「古きよきウズベキスタン」は響きが悪いが、ひっかかりのない言葉のほうがたちが悪い。ひっかかりがないとはつまり、何も考えなくていいということだ。

添え物

添え物という言葉がある。映画の二本立て興行では、メインになる映画とともに上映される作品に、「添え物」というひどく差別的な形容がされてもいたし、あるいは、コンサートで前座をつとめるバンドもまた、「添え物」と呼ばれる存在である。だがときとして、「添え物たち」は、メインとなるべき映画やバンドを陵駕することもあった。また、それを期待する観客も存在する。その少しひねくれた観客たちは、「添え物」が持つ、奇妙なエネルギーに魅力を感じていたのだろう。そうしたエネルギーは、「添え物」であるがゆえに、ある一瞬、輝くことがあり、ひねくれた観客たちにとっては、その一瞬に立ち会えたことがこのうえない幸福になる。添え物の一瞬のエネルギーは、メインたちが持つものとはまったく異質なものだ。メインたちが安定感を観客に提供するのだとしたら、添え物は、アナーキーなパワーで強烈な印象を観客に与える。

私はときとして、トンカツ屋でそのアナーキーなパワーに出会うことがある。

「異常に高く積み上げられたキャベツ」

それは恐ろしいほどの形である。キャベツがうず高く積み上がっているのだ。いまにもキャベツのなかから、何かが吹き出してくるような勢いである。キャベツはたしかに、トンカツの添え物だろう。だが、その勢いに圧倒された私は、いったい、いま、自分が何を食べようとしているのかわからなくなる。トンカツなのだろうか。キャベツなのだろうか。あるいは、もっとべつの食べ物なのか。いや、そのどれでもない。私が食べようとしているのは、添え物が放つ、アナーキーなパワーそのものである。だから、いまトンカツ屋で私は、めまいを感じている。ここはすでにただのトンカツ屋ではない。

「気前のいいトンカツ屋」だ。

だってそうだろう。キャベツを惜しげもなく皿にのせるのだ。うず高く積み上げ、いまにも皿から落ちそうにさえ見える。

私はちらっと、カウンターの向こうでキャベツを刻む店主の顔を見た。店主は一心不乱に包丁を使い、見事な手つきでキャベツを刻んでゆく。その表情に、気前のよさと同時に、もっとべつのものも感じる。彼の精神の奥深い場所にしまいこまれたアナーキーな狂気ともいうべきものが、包丁を通じて、キャベツに伝えられてゆくのだ。

もし皿から外へ、キャベツが出ていったとしたらどうだ。添え物が反乱し、自己を主張する。皿という領域を越え、もっとべつのものへとキャベツは進化するだろう。テーブルの上はすでに、キャベツで溢れている。だがキャベツのもつ、アナーキーなパワーはそれだけでとどまりはしない。店の床へ。店の外へ。通りへ。町へ。そして、この国がいつかキャベツで覆われる。そのとき、私たちはようやく口にするだろう。

「誰が片づけるんだ」

ちらかったキャベツを片づけるのはやっかいだ。キャベツは、しょせんキャベツでしかない。生気を失い、しんなりしたキャベツが床に張り付いた姿は悲しい。そこには、あのアナーキーなパワーなどどこにもない。キャベツは、しょせん、キャベツでしかない。

たとえば、全体の九七パーセントをキャベツが占め、残りの三パーセントに辛うじてトンカツがのっている皿がここにあるとしよう。それを見て人が思い浮かべるのはなんだろう。その答えはたったひとつしかないと私は断言できる。

「やけにキャベツの多いトンカツ」

キャベツはキャベツだ。トンカツの添え物でしかない。そして人は、「全体の九七パーセントをキャベツが占め、残りの三パーセントに辛うじてトンカツがのっている皿」を見て、無神経に、「貧しい食卓」という言葉をつぶやくのがおちだろう。けれど、「皿の上の比率」が、「貧しい」や、「豊か」の決め手となるかは、はなはだ疑問である。そもそも、「トンカツ」それ自体に貧しさを感じる者がいても少しもおかしくないではないか。そのとき、「トンカツを貧しいと感じる者」にとって、「キャベツ率」のひどく高いトンカツはどのようなものとして認識されるのだろう。「ひどく貧しい食事」だろうか。「貧しさにまみれた食卓」なのか。だが、けっして、「トンカツを貧しいと感じる者」は、そんなふうには考えない。

やはり、「やけにキャベツの多いトンカツ」である。

それはトンカツだ。けっしてトンカツが添えられた、「キャベツ」ではない。そして、キャベツが添え物だからこそ、そこに魅力が生まれる。トンカツを陵駕する一瞬の魅力のなかにこそ、キャベツの可能性は存在する。

では、「キャベツ」が五〇パーセント、「トンカツ」が二〇パーセント、残りの三〇パーセントに、「鯛焼き」がのっていたらどうだろう。

それは、添え物ですらない。

父権の喪失

かつて、私が子どもだった頃、「軍隊に入れて鍛え直してやる」といった種類の言葉はまだ生きていた。軍隊の経験者がまだ現役で、若い者に劣らず働いていたからだ。いちおう、軍隊はないということになっているこの国では、それは当時としてもありえない状況を口にしていることになるが、彼らの、「勢い」のようなものが、言葉にリアリティを与えていた。

この国では、いまやこの言葉もすっかり精彩を欠いている。

もちろん、外国に行けば、それが現在でも有効に使われる国が無数にあるだろう。日常茶飯事である。少しでも寝坊しようものなら大変である。眠い目をこすりながら食卓に行くと、そこに父親と祖父がいて、起きてきた息子をにらみつける。

「おまえみたいなガキは、軍隊にでも入れて鍛え直してやらにゃいかん」

祖父が言うのを聞いて、父親は自分の父親にはかなわないと思いながら、あたりまえの言葉で息子をしかりつけるしかない。

「何時だと思ってる」

「ちょっとでもぼーっとしていてみろ、敵はすぐそこまで来てるんだぞ」

日常と、日常ではない時間が祖父の言葉によって微妙にからみあう。

「学校に遅れるぞ」

父親は凡庸な言葉しか口にできない。なぜなら、彼はごくふつうの兵士で、祖父は英雄だったからだ。祖父の声はさらに大きくなる。

「おまえみたいな、ろくでなし、戦場じゃ、まっさきに死ぬのがオチだろうな」

それで祖父は、いつものオハコを語り出すのにちがいない。

「俺が、アフリカ戦線にいたときの話を聞かせてやろうか」

うんざりだ。子どもがうんざりするこの気分だけ取りだせば、どこの国にいってもきっと変わらないのだし、どんな時代にもあったはずのものだ。だが、「軍隊に入れて鍛え直してやらなくちゃならん」はちがう。私が住むこの国ではまったく有効性を持たず、もしそんなふうに口にする父親がいても、本気で受けとめる子どもは存在しないだろう。冗談にしか感じられない。父親が新聞から目を上げて、テレビゲームばかりしている息子に言うのだ。

「軍隊に入れて鍛え直してやるぞ」

テレビモニターから視線を外し、父親を見るが、息子は返事もしない。父親は繰り返す。

「慎司、軍隊に入れて鍛え直すぞ、おまえ」

妻が気がついて質問する。

「軍隊ってなによ」

「軍隊は軍隊だよ」

「だからなに、それ?」

「軍隊だよ、ほら、あるだろ、戦争の、なんか、みんなでさ、とつげきーとか叫んで、銃とか持ってんだよ、映画とか、あるじゃないか、ほら、なんか、そういった、グンタイがさ。見たことあるだろ、そういったあれ」

「へー」と妻は気のない返事をした。

息子は視線をまたテレビモニターの画面に移した。ゲームに夢中だ。あとはもう、何も聞いていなかった。だからといって、もっとべつの言葉に置き換えれば正しかったのかというとそうでもない。

「自衛隊に入れて鍛え直してやる」

これではどうも調子が出ないのではないだろうか。「軍隊」という言葉にリアリティがないからといって、よく知っている「自衛隊」に置き換えたところでなにも改善されない。むしろ、事態はいよいよだめなものになってゆくのだ。しかも、ほかの「隊」だったらどうなのかという問題でもないらしい。

「ブレーメンの音楽隊に入れて鍛え直してやる」

ぜんぜんだめだ。

つまり、少なくともこの国では、父親の権力によって子どもを厳しく教育する構造自体が崩壊しているといっていい。それを支える言葉がなにもないのだ。

父親は戸惑う。

事態を前にただ茫然とする。

どのようにして、子どもをしつけたらいいかわからない。何を言葉にしていいかわからない。「父親」と「息子」の関係はあきらかに変質している。

「星を見ろ。あの星は何万年も過去から光を放っているんだ」

ちょっと趣向を変え、ロマンの力を借りたいと考えるのもあながち責められない。「力」がだめなら、「ロマン」だ。ほかになにがあるというのだ。あるいは、スポーツはどうか。

「ラグビー部に入れられたいか」

ちょっとこれはいいような気もしないではないが、怖さに欠ける。だったら、「崖から落とされたいか」はかなり怖いが、崖があまり日常的でもなく、だったら、父親たちは身近にあるもので演出しようと考えるのではないか。

「洗面器、あたまにかぶせるぞ」

それもきっとだめだろう。力が不足しているから父親の言葉が奪われたのではない。言葉がないから、父権が失われたのだ。

金沢の雪が見たい

まちがっても私の戯曲に登場する人物たちは、甘い愛の言葉など口にしないので、「おれと寝ろよ」といささか乱暴に言葉にすることはあったものの、よくわからない例になるが、「きみと一緒に金沢の雪が見たい」といった甘さは誰も持ちあわせていなかった。誰がそんな言葉を使ったのか私は知らない。いったい誰なんだ。事実、そう口にした者がいたのか、あるいは、小説や戯曲、映画やテレビドラマといった、「作品」に使われていたのか。知人から聞かされたのだと思う。女を口説く方法として、「金沢の雪」を小道具に使う行為があるという話だった。

「金沢の雪」

ここでは、二つのアイテムが用意され、それぞれの言葉の持つ力と同時に、相互に反響しあうことで、特別な効果が発生している。

「金沢」と、「雪」だ。

これほどの組み合わせはそうざらにあるものではない。仮に二つがなかったとしたらどうか。いきなりこう切り出すのである。

「きみと一緒に見たい」

これではなにがなんだかわからないだろう。とりあえず、見るべき対象がはっきりしていなくてはだめらしい。

「きみと一緒に雪を見たい」

たしかに、これでも充分な効果があると考えられる。「雪」にはそうした力があるらしい。「金沢」という言葉は、「雪」にもうひとつべつの価値を与え、さらに、その「雪」を、「一緒に見る」という言葉から広がるイメージが、ある種、特別な「愛の言葉」として作用するだろう。その破壊力たるや、「おれと寝ろよ」とは比ぶべくもない。そんな表現をすることに私は恥ずかしさを感じるが、つまり、「女なんてイチコロですぜ」というやつになるのだった。

「きみと一緒に金沢の雪が見たい」

繰り返しこうして書いていると、なんだか腹立たしい気分にもなってくるが、この言葉が微妙なバランスで成立しているのも、こうして考えればわかるはずだ。ちょっとでもまちがえれば何も成果は生まれない。「金沢」でなければいけない。「馬喰横山《ばくろよこやま》」ではどうも都合が悪い。「雪」を見るのならいいが、それが、「横山」だったらかなりいけない。いきなり言うのだ。

「きみと一緒に馬喰横山の横山が見たい」

ごくごく微妙なバランスである。

だが、私の書く戯曲に出現する人物たちがそうした言葉で愛を語りかけるとはどうしても考えられない。もちろん、「馬喰横山の横山」にしたところで同じである。なぜなら、この言葉の、「文脈」ともいうべきものが存在する場所をこそ疑いたいと思うからだ。それを疑わなければ、「金沢の雪」はたんに、「口説き文句」の巧拙、うまいへたの次元にあるだけのことになり、「あんなんじゃ、いまどきの若い娘は口説けませんぜ、だんな」と話すしたり顔の男の顔が浮かぶし、あるいはある哲学者が語っていたと聞いたことのある、「ヘーゲルじゃ女は口説けない」と同じ種類の言葉になる。そんなことはどうだっていい。そいつが女を口説こうが失敗しようが知ったことかと言いたい。当然のことだが、「きみと一緒に金沢の雪が見たい」にしろ、なんなら、もっと多くの口説き文句は、いまでは誰もが笑いの対象にする。彼らが笑われたところでべつにかまわないが、その言葉が成立するのだろう、あの場所が、いまや有効ではないことに彼らは気がついていないのだ。

それは、「欲望」と、「言葉」のあいだに発生する、「距離」と名づけられるべき空間だ。

直線的に存在すると考えたり、あるいは、うねうねと曲がっていると感じたり、「距離」が、なんにせよ形のあるものだと考えれば、「言葉」はいかようにも操作可能なものになる。そこでは、技術がはばをきかせるので、「あんなんじゃ、今時の若い娘は口説けませんぜ」と語るしたり顔の男も存在が許されるが、残念ながらことはそれほど単純ではない。もっと複雑に、奇妙に、ひどくグロテスクに、形のないものとしてあるにちがいない。

そのことが明白になるにつれて、「心情」を表現しようとしてうまく語ることのできない困難はより深刻になった。いまでは誰もが、「きみを愛している」というあたりまえのことさえ口にすることはできないのだ。

そして、口説く男たちにとってより深刻なのは、口説かれる側の女たち、つまり、「言葉」と、女たちをつなぐ距離もまた、ひどく複雑になっていることだ。そこには、「きみと一緒に金沢の雪を見たい」という言葉を、まともに受けとめる愚かな女はいない。

観覧したい気持ち

デパートの屋上にある小さな遊園地は、もともとどこかさみしさが漂うが、平日の午後はなおさらさみしく、片隅に置かれたアーケードゲームやピンボールマシンの音が人の心を虚ろにさせる。

そのころ、私はまだ二十歳を過ぎたばかりで、大学を中退し、中退してからはじめたアルバイトもやめ、何もしていない時期が三月ほどつづいた。誰にも会わず、本を読んでばかりいたが、ほかにゆくところがないので、平日の午後、京王線の府中駅にかつてあった忠実屋の屋上でぼんやりした。デパートの屋上にある遊園地より、それはもっとさみしい場所だ。デパートなんかではない。小さな町のちょっと大きなスーパーマーケット。だが、その屋上には、観覧車があった。

人が遊園地を想像するとき、まっ先に思い浮かべるのは、観覧車ではないか。なかには、ジェットコースターだという人もいるだろう。なぜか、お化け屋敷が遊園地の本質だと考える人もいるかもしれない。あるいは、コーヒーカップ。いまではきっと流行らないだろうが、コーヒーカップがぐるぐる回転しながら動くという、よく理解できないその発想の無意味にこそ遊園地らしさがあると説く者もいるにちがいない。だが、ここはやはり、観覧車じゃなきゃいけないと私は思う。なぜなら、形態といい、その建築的な構造といい、それ以上、なんの工夫もできない融通のなさ、さらに、それが持つ役割から、「遊園地的なるもの」として、原初性を帯びた、どこかまじめさを想像させるアトラクションだからだ。

そもそも名前がすごいじゃないか。

観覧車である。つまり、「観覧」をする、「車」だ。人を高い所まで運び、観覧させる。ジェットコースターは新しいスタイルが次々と出現し、より刺激的に変化するが、観覧車にそんなことをしても意味がない。なぜなら、「観覧したい気持ち」は、べつにこれといって変化を必要としないからだ。もし仮に観覧車のスピードを高速にしたとしたらどうか。人々は口々に言うだろう。

「もっと落ち着いて観覧させろよ」

あるいは、右に左にうねりながら回転するとしたらどうだろう。やはり、人々は言うはずだ。

「もっと落ち着いて観覧させろよ」

これ以上、もうなにもいらない。完成されたスタイルだ。ゆったりした速度、正確に描かれた円、円を支える鉄骨の構造。それこそが遊園地の美しさを代表する姿だ。

忠実屋の屋上にあった観覧車もまたゆっくりと回転した。そこからは多摩川が見え、それから府中の競馬場が見えた。平日の午後だった。係員はたった一人しかいなかったし、私のほかに、昼間から屋上の遊園地に来るような者はほかにいなかった。なにもするあてがなかった。観覧車とともに、ゆったりと私は回転していたのだった。

III

蹄を打ち鳴らす
音よ！

動くとおなかが痛い

世界に「新しもの好き」の種はつきない。「新しもの好き」とはいったいなんだろう。ふつうなら新しいものにすぐ目移りする者を揶揄して使う言葉だが、八〇年代はそうではなかった。「高度資本主義の申し子」「情報化社会の寵児」、あるいは、「バブルの貴公子」として時代がそれを求め、彼ら「新しもの好き」は、フルスピードで青山通りをつっ走っていたのだ。けれど、九〇年代に入るとバブルは反省され、だからってそりゃないだろうと誰もが気付いてもよさそうなものだが、なぜか、「清貧の思想」が生まれてしまうのである。何が清貧だ。清くない貧しさはどうしたらいいんだ。

そうだ。こうした時代だからこそ、私たちは誰もが、「新しもの好き」にならなければならない。

かつてなら、新幹線が三〇〇キロで走るといえば子供は大喜びし、日本はこれで世界一になったと大人は小躍りしたが、今じゃそんなことでは誰も喜ばない。スピードの神話は消えたはずだが、コンピュータの世界はいまだにスピードが問題にされる。この無反省にこそ業界の可能性はある。スピードこそ命と言ったのは未来派だが、次々出てくる新製品には目眩がする。けれど、ひるんではならない。何が待ち受けていようと、スピードこそが真実である。私たちのことを人は、スピーディーと呼んだ。

そんなおり、いつからそうなのか知らないが、雑誌を見れば猫も杓子もCD-ROMだ。何だこの騒ぎは。だが、スピーディーな私は、スピーディーだけにこれを見逃すわけにはいかない。人に頼んで、CD-ROMを見せてもらうことにした。

まずはじめて見たタイトルが凄い。

『牛の道』

どこがスピーディーなんだ。原題は『TAO OF COW』だ。それもすごいが、内容がさらに私を茫然とさせた。開始そうそう、牛である。さらに先へ進めば牛である。どこを見ても牛である。いったい何だこれは。カタログを見れば、次のように紹介されている。

「〝蹄を打ち鳴らす音よ！〟〝禅〟をほうふつとさせる短詩と、この気高き動物のカラー／モノクロ写真によって、牛たちの内面の〝禅〟が拡大され探究されています。DOS版では、ナレーション付の牛の一生が説明されます」

ものすごいことになっているのだ。「牛たちの内面の禅」とは何だろう。「蹄を打ち鳴らす音よ!」と、そんなに高らかに言うことはないじゃないか。「牛の一生」を説明されて誰が喜ぶんだ。同じ会社から発売されているのが、『牛のすべて』だ。アメリカ人はこんなにも牛が好きなのか。

だったらそんなに食うなよと私は言いたい。

さて、私が手にしたのは、パシフィック・ハイテック社のCD-ROMカタログだが、紹介されたタイトルの日本語訳に、どうも妙な感触があるのが気になった。たとえばこれはどうだ。

『完璧の家』

たしかに、原題が『COMPLETE HOUSE』だからそれもいいが、なにか、「岸壁の母」に似てはいないか。だからなんだということでもないが、気になるものは仕方がないだろう。また、こういうものもある。

『本当にタイプの練習がたのしくなる』

これがタイトルなのでしょうか。タイピングの練習ソフトらしいが、だからってそれはないじゃないか。さらに、英語の教育用CD-ROMには次のようなものがあった。

『動くとおなかが痛い』

こうなるともう、ああそうですかとしか言いようがありません。

スピーディーの私たちにとって、CD-ROMは避けて通れぬ道だが、『牛の道』や、

『動くとおなかが痛い』は、どうにもそのスピードをにぶらせるのだ。

（94年3月）

致命的エラー

パソコンを使うようになってまだ数年だが、それまでと今を比較すればあらゆる面で変化があった。私がほんとうに変わったのは、「エラーメッセージ」という概念を知ったことではなかっただろうか。

たかがエラーメッセージじゃないかと軽く考えてはいけない。子どもならいざ知らず、大人が、機械ごときに、叱られたり、警告されたり、馬鹿にされたりする事態は深刻で、ここに現代的な問題が潜んでいると書いても過言ではない。たとえば、ウィンドウズの警告にこんなものがあった。何かの作業中、それは突然、出現した。

「致命的エラー」

これが出たとき私は、もうだめだと思った。なにしろ、致命的である。「な、な、なんだって、致命的なのか。そうか、ちくしょう、致命的だったのかぁ」と叫ばずにはいられないではないか。以前、ウィンドウズのＣＭで、「笑ってお仕事」というコピーが使われていたが、いきなり「致命的エラー」と出てきたら、笑いも凍りつく。考えてもみたまえ。たとえば、あなたが、SEXをしているとしよう。まあ、SEXだから、いろいろなことがあることを想像して欲しい。そしていよいよ佳境にさしかかり、ここぞという場面が来た。とその時である。呼吸も荒く、陶酔の表情を作っていた女が、不意に冷静な声で言う。

「致命的エラーよ」

身も凍る思いだ。だいたいなんだそれは。何が起こっているんだ。

ところでこの日本語によるメッセージが原文では何かと疑問を抱くのは当然だ。早速、マイクロソフトに問い合わせたところ、企業秘密だから教えられないとのことで、なぜそんなことを秘密にする必要があるんだと電話に出てきた女性を問いつめようとしたが、いきなり、「致命的エラーよ」と言われた日にゃたまんないので、それ以上は深追いしなかった。そのことひとつとっても、マイクロソフトおそるべしだ。

または、こういうメッセージはどうか。

「予期せぬMS-DOSエラー#11」

いきなり、予期せぬらしい。誰がだ。誰が予期していなかったんだ。まあ、使っている私はまったく予期してませんが、そりゃあそうだろう、エラーを予期してパソコンを使う人間がいるものか。だとすると、ウィンドウズが予期していなかったことになる。

他のエラーには、予期せぬなどと出てこないのをみると、このエラーは特別で、ほんとうに予期しないことだったに違いない。さぞかしウィンドウズのやつも驚いただろう。

「なんだこれはあ！」と中華航空機のパイロットさながらである。

また、漢字変換ソフトATOKのメッセージにはこういうものがあった。

「同じ読みの単語がいっぱいです」

これも、まあ、エラーメッセージのひとつだろうが、「いっぱいです」という口振りが怪しい。嬉しいんじゃないのか。どっか喜んでいるような響きを感じるではないか。

「わーい、同じ読みの単語がいっぱいあるよお」とATOKがにこにこしているのだ。こうなると、嬉しがらせようと、どんどん同じ読みの単語を打ち込みたくなるから不思議だ。

そういえば、Macに詳しい友人に電話したところ、「ほら、例の、爆弾ですよ」という。私が爆弾について知っていたからいいようなものの、これが何も知らない相手だったらどう思うだろう。

「ほら、爆弾が出るんだよ」

なんのことだかわからないじゃないか。だが、何のことだかわからないと思うだけならまだいいが、「爆弾だよ」などと口にして、ばかだと思われないとも限らない。この言葉の響きがそういう感じを醸し出す。ひとつ声に出して言ってみて欲しい。

「爆弾だよ」
ほら、ばかとしか考えられないだろう。

（94年7月）

牛がモーと鳴いた

ある日、見知らぬ人から、「KID CAD」というソフトが送られてきた。突然のことだったので驚いたのだが、添えられた手紙には次のように書かれていた。

「アメリカで手に入れたソフトです。一度、試してみませんか。子供用のソフトだからといって、ばかにするとひどい目に遭いますよ。では、くれぐれもお気をつけ下さい」

なにやら、不気味な文面だ。送ってきた相手が誰なのかわからないので、ことによると、危険なソフトなのではないかと不安になった。迂闊にインストールしたらハードディスクの内部を壊すとか、まあその程度なら、なんだウイルスの類か、と正体もわかり、考えようによっては怖くない。これがたとえば、こすっているうちに暖かくなったら怖い。冷蔵庫に入れといたらよく冷えて美味しかったらお中元だが、ほっといたら、じいさんになっていたとしたらことだ。

だが、まだパッケージの封を切っていないそれは、きちんと市販されている製品らしく、Davidsonと販売元の名前も入っている。前面には、イラストと写真の合成で子供たちが家を作っている絵がある。その上に、『DAVIDSON'S KID CAD』とソフト名が大きく記され、さらに、「THE AMAZING 3-D BUILDING KIT!」と補足の言葉がある。なるほど、これは子供用のCADなのかと思い、私はおそるおそるパッケージを開封した。

とりあえずインストールする。まだ何も起こらない。起動すると、タイトルの画面が出てなかなかにかわいいのが気に入った。タイトルが終わると、ウインドウに出現するのは町の絵だ。いくつかの住宅と通り。町の向こうに山があり、滝が流れている。丘の向こうにはもっと大きな町があるらしく、高層ビルも見え、その下をハイウエイが走っている。

気になるのは町の中にあって、ぽっかり空いた敷地だが、どうやらここに家を建てるのがこのソフトの目的らしい。

そんなことはともかく、町のあちこちにカーソルをあて、マウスをクリックすると妙な音がするのがおかしい。たとえば公園には、うんていやブランコがあり、クリックすると子どもが「わー」などと声を上げて走り出す。かと思えば、ヘリコプターがぱたぱたと飛び、丘の向こうの牧場では、牛がモーと鳴いて走る。面白いからしばらく音を出して遊んでいたが、わーだのモーだの、ぱたぱただのと、こんなことで大人が楽しんでいていいのか。ふと私は、村山内閣と社会党について考えていたが、ついまた、マウスをクリックしてしまい、牛が、モーと鳴いたのだった。「モー」の前で人は無力だ。いいのかこんなことをしていて。

マニュアルによれば、本ソフトは、七歳以上が対象になっている。牛がモーなら確かにそうかもしれないが、実際に家を建てる段になって、ほんとかよこれはと私は疑った。なんて難しいソフトなんだ。

ブロックをひとつひとつ積み上げなくちゃならないが、ちょっとでもはずれた位置に置こうものなら壁一枚だって建てることが出来ないのだ。ひとつひとつ積もうとマウスを操るうちに目眩がしてきた。まして部屋の中に家具を置こうなんて、想像するだに身震いがする。あー、肩が凝る。腰が痛い。目がちかちかしてきた。思い出したように私はまた最初の画面に戻るのだ。マウスをクリックした。

牛がモーと鳴いた。

そのときになってようやく私はわかった気がした。あの手紙の意味だ。

「ばかにするとひどい目に遭いますよ」

はい、ひどい目に遭いました。一晩中、私は格闘したが、いまだに家の一部さえ出来ないではないか。なんて恐ろしいソフトなんだ。また最初の画面に戻った。マウスをクリックした。

牛が、モーと鳴いた。

（94年9月）

ヘボな外注

子供の頃、医者になりたかった。

動機は単純で、野口英世の伝記を読んだからだ。あらゆる体験の中でも、「読書」によってすぐその気になるのは子供の頃からの癖で、まあ、多かれ少なかれ、誰にもそうした傾向はあるのではないか。読書という体験に限らず、「職業への憧れ」は往々にしてそうして始まる。その後も、ボクサーになりたいとか、洞窟を探検したいとか、私にもいろいろあったものの、ある年齢に達すれば、そうした衝動は消えるものだと思っていた。まして、仕事もそれなりに安定すれば、「〇〇になりたい」などと考えるのはおかしい。ところが、三十歳を過ぎてから不意に私は、「コンピュータ関係の、なんでもいいから技術系の人になりたい」と思ってしまったのだ。

当時はすでに、放送作家として売れていたし、芝居もそこそこ成功していた。なぜかそう思ってしまったのだ。技術者でなければだめだ。技術者以外は全部だめだ。コンピュータ関係の編集者なんか冗談じゃない。ライターなんてもってのほかだし、あと、コンピュータ関係の配達とか、コンピュータ関係の貯蔵とか、そんなもの、あるのかどうか知らないが、とにかくだめだ。

その頃、スティーブン・レビーの『ハッカーズ』をはじめ、私は手当たり次第にコンピュータ関連図書を読んだ。そこに登場する、ハッカーがかっこよく感じられたし、プログラマーは凄いと思ったし、コンピュータに携わる技術系の人のすべてに憧れを抱いた。

つまり、野口英世の伝記を読んだ体験と構造は同じである。

なかでも、作家という仕事にどことなく似ているのではないかと勝手に考え、プログラマーになりたいという気持ちは強かった。それも、ホビープログラマーじゃだめだ。プロにならなければいけない。なぜそんなふうに考えるのか自分でもよくわからないが、いけないものはいけないのである。

プログラマーの世界において、野口英世の伝記と同じ位置にある書物を探せば、たとえば、ビル・ゲイツの伝記になるのかもしれないので、それを読んだ小学生が、「僕は将来、プログラマーになろう、なって大儲けし、自家用飛行機に乗るんだ」と、野望を抱くのが現代的だ。ああ、なんてことだ。かつて私の時代は野口英世の伝記を読んで、医者という職業に理想を描いた。「医者になって、病気で困っている人を救おう」「貧しい人たちのために働こう」なんて思い上がった言葉だという気もしないではないが、あした精神は、この時代にあって、どこかに消え去ってしまったのだろうか。

ともあれ、野望を抱く現代の小学生に、深川岳志氏の著書、『プログラマの憂鬱』を読ませたいというのが、本稿の目的である。

深川氏には、すでに、『プログラマの秘密』という著作があり、これはその続編らしい。たいへんに面白かった。そして、本書にしばしば出てくる言葉のひとつが、私の気持ちを魅了してやまなかった。

「ヘボな外注」

本書は深川氏がプログラマーやエンジニアたちにインタビューする形式で書かれているが、プログラマーの話にしばしば、「ヘボな外注」は登場するし、話がそこに及びそうになれば、すかさず深川氏が、「出ましたね、ヘボ外注」と答える。このやりとりの気持ちよさも私を引きつけた理由のひとつだが、なにより、この言葉が魅力的なのは、そこに哀愁が潜んでいるからではないか。

「俺たちって、ヘボな外注だよな」

「ああ、俺たちは、ヘボさ」

「そうとも、俺たちこそが、ヘボ外注さ」

と、日夜、「ヘボな外注」の会社では、しみじみそう語られているのに違いなく、そのことを知りながら、それでも、仕事をしなければならない彼らの宿命を考えると、つくづく哀しみが漂ってくる。「ばか」と呼ばれるのならまだよかった。「あほ」や「無能」、あるいは、「とんま」ならまだ救いがある。彼らに与えられた烙印は、こともあろうに、「ヘボ」だ。あらためて噛みしめていただきたい。口に出すか、紙に書いてもらいたい。

「ヘボ」

なんという言葉だろう。きっと彼らは、とことん「ヘボ」なんだろう。どうしようもない「ヘボ」だろう。好きでそうなったんじゃない。やってみたら、結果的に「ヘボ」だった。このことを、プログラマーを目指す小学生に訴えたい。誰にだって、「ヘボ」の可能性はあるのだ。

さて、本書で印象に残ったのは、「ヘボ外注」のことばかりではない。

「最悪の事態を想定してテストを繰り返す人たち」

これはかなり秀逸なシチュエーションだと私は思う。このことを中心に据えた芝居を書こうと考えたほどだ。第二章「ハードウェアエンジニアの憂鬱」にあるエピソードがそれで、この章に登場する「尾形氏」が、実際に体験した話だ。

「ISDN回線を使ってリアルタイムに音声、画像、イメージ画像を一度に交信できるというテレビ会議システム」

その検査をする仕事を尾形氏は与えられ、尾形氏ら、「評価班」は、起こりうることを想定しながら、次々に検査を行う。そこで想定された、「起こりうる」ことが、どれもこれもすごい。

「大声で叫びながら画面のテレビカメラの前でチラチラ顔を動かしながらマウスをぐりぐりやっていきなり電話を切る」

あるいは、

「スキャナでイメージ画像を回線を使って転送しているときにいきなりモジュラーから回線をひっこぬいたらどうなるか」

これに対しては、深川氏の受け答えの言葉が秀逸だ。

「相当腕の長い人ですね」

こうした現場の人の話を私は夢中になって読んだのだが、本書の全体から受けた一番の印象は、誰もが苦労を楽しそうに話している姿だ。つまり、みんな仕事が好きなんだなあ、と考えれば、野口英世の伝記の精神はここにこそ生きている。

本書を読んだ私が、「そうだ、プログラマーになろう」と、性懲りもなくそう考えたとしても、なんら、不思議ではない。

（94年10月）

ププラしている

私はそれを聞いたとき、愕然とした思いになった。電話の向こうで私の質問に答えてくれたその男は、どことい って躊躇するふうもなく、なんの気なしにその言葉を口にしたのである。

「プラプラですよ、プラプラ」

躊躇するばかりか、よりによって彼は二度くり返した。「プラプラ」である。考えようによっては、「プラ」を四度、立て続けに言ったことになって、これは少し、まずいのではないかと私は思った。しかし、私が愕然とした思いになったのは、そんなことではない。

来年（九五年）の一月の後半に新宿の紀伊國屋ホールで、芝居を打つことになり、二年ほど前に公演した、『ヒネミ』という作品を再演することになった。少し本を書き直すことになるのだが、たいてい、芝居の世界では、そうしたものは、タイトルのあとに、

「改訂版」と付ける。どうもそれが気にいらなかったのだ。以前は、「REMIX」と付けたこともあったが、いまどきこれもちょっとないんじゃないかと思い、今度は、「＋＋」でゆくことにした。

そう、コンピュータのプログラミング言語、「C＋＋」の、「＋＋」だ。

なにかの本で、「ひとつ加える」という意味の演算子だと読んだ記憶があり、だったら、「改訂版」の意味にも通じるのではないかと思って、『ヒネミ＋＋』のタイトルが決まった。ところが、そうタイトルを決めておきながら、私には、「＋＋」の読みかたがわからない。おそらく「プラスプラス」だと思うがはっきりしなかった。それで、そういったことに詳しいだろう知人に質問したのだ。彼は言った。繰り返すが、彼は電話の向こうで言ったのである。

「プラプラですよ、プラプラ」

誰に聞いても答えは同じだ。皆、口を揃えてプラプラプラプラ言うのだった。考えてもみて欲しい。「プラ」である。しかもそれが二度繰り返されるのだ。『ヒネミ』のあとにそれをくっつけたらどういうことになるというのだ。声に出して読んでみていただきたい。

『ヒネミプラプラ』

どんな芝居なんだそれは。何かがプラプラしているような気がする。「プラプラ」という言葉の響きから受けるのは、なんだかあきれた感じであり、あきれた感じだけならまだいいが、どこかふざけているようにも考えられる。こんなタイトルじゃ、さぞかし稽古のとき、力が入らないだろう。それもまあ、もしかしたらいいかもしれないと思ったが、もっとべつの懸念もわいてきた。タイトルを付けた私でさえ、わからなかったくらいだから、さぞや一般的に、「＋＋」の馴染みは薄いに違いなく、ほかにもとんでもない読みをされる恐れは充分にある。たとえば、こんなふうに読まれたらどうだ。

『ヒネミタスタス』

メキシコ料理かこれは。さらに、こんな読みかたはまずしないだろうとは思うが、もしかするとあるかもしれないのがこれだ。

『ヒネミジュージュー』

これでは、鉄板焼き屋である。

なんにしろ、問題なのは、「プラプラ」である。ちょっとあれなんじゃないかと私は思うが、それが、コンピュータの業界でまかり通ってる事実は見過ごすことが出来ない。プログラマーやコンピュータ関係者が、この言葉の問題点に気が付かず、平気な顔で、プラプラプラプラプラにしているらしい。たとえば、『TURBO　C＋＋』などの製品を発売しているボーランドという会社では、次のような会話がまかり通っているのかもしれないのだ。

「きみ、例のプラプラだけど」

「プラプラがどうかしました？」

「いやあ、ちょっと、どうも、プラプラがさ」

「プラプラが？」

「うん、ちょっと、プラプラ、あれなんじゃないか？」

「部長、プラプラがなんだって言うんです？」

何を話しているんだ、この連中は。しかも、「プラップラ」と言葉にする者が出てくる可能性もあり、これを由々しき事態と言わずに、何をそう表現したらいいのだ。ちょっと、落ち着いて考えてみろと私は言いたい。

「だってそうだろ、プラプラだぞ。恥ずかしくないのか。俺なんかいま、こうして口にしながら、顔から火が出る思いだ。だいたい大人が口にしていい言葉だと思うのか？」

すると、彼らの大半が、顔色を変えて叫ぶだろう。

「あ、そうか、そうだったのか。ちきしょう、なんてことだよ。お、俺は、俺はいったい、いままで、なんて言葉を口にしていたんだ。俺って存在は、この宇宙のなかでいったいどんな意味があるんだ」

と、いきなりものすごい方向に話は飛び、気がついた誰もが劇的になってしまうのである。まあ、そんなことはともかく、「プラプラ」を問題にしているうちに、新たな問題が浮上してきたことも報告しなければならない。実は、このことをはっきりさせようと思って、ボーランドに質問したのである。正式には、『C＋＋』をどう読めばいいのか。答えはいたって簡単だった。

「Cプラスプラスですよ」

さらに、外国人にもアンケートをとったところ、マサチューセッツ工科大学の卒業生をはじめ、どいつもこいつもが、「プラスプラス」だと答えた。これはどうしたことだ。じゃあ、あの「プラプラ」は何だったのだ。

つまり、このことからわかるのは、どこかの日本人が、「プラプラ」と言いはじめた事実があるということだ。誰だそいつは。誰でもいいが、それがこの国のコンピュータ産業にもたらしたものは何だろう。

しかし、「プラプラ」である。

なんだかよくわからないが、すべてはプラプラしているのだ。

（94年11月）

顔とコンピュータ

Ｍａｃがうちに来た。これがはじめて使うＭａｃだ。いま頃になってＭａｃを買うのはなにやら恥ずかしいようなものだが、まあ、そのことは誰にも知らさず、こっそり使って、マッキントッシュが登場した初期からのユーザーですって顔をしていればいいとは思ったものの、それがどんな顔なのかよくわからない。穏やかな顔なのだろうか。それとも、険しい表情なのだろうか。口を半開きにしていればいいのか、鼻をふくらませたほうがそれらしいのか。眉毛をそるのが正しいとしても、それだけはちょっといやだ。

そうだ、わたしは、「コンピュータと顔」ということを考えているのだった。

それというのも、必要があって秋葉原に行き、幾つかのコンピュータショップを歩くうち、「おや、これはいったい」と思わず口に出すような発見をしたからである。それはことによると、自明なことだったのかもしれないが、こんなに明白だとは思ってもみなかった。ＡＴ互換機の店でビデオカードやＣＰＵの棚をのぞきこむ者らの顔と、店頭にならぶMａｃを前にしてマウスを不器用に操る者らの顔では、同じ日本人でありながらあきらかにどこかが違う。そこには決定的な差異がある。北方系の顔と、南方系の顔といった差異ではない。それが、ある意味で生物学的な差異だとしたら、ここでいう「顔の違い」は、おそらく文化的な差異とでも表現するべきものだ。

うまく言葉にするのは難しいが、一言で表現すれば、「ＡＴ互換機の店にいる連中は、どいつもこいつも、どこかが変だ」ということになるだろうか。異論もあるだろう。偏見だという反発も容易に想像できる。だからこそ、私は強調したいのだ。

「ＡＴ互換機の店にいる連中は、どいつもこいつも、どこかが決定的に変だ」

あるいは、こう言い直してもいいかもしれない。

「ＡＴ互換機の店にいる連中は、どいつもこいつも、ものすごく変でやがんの」

いずれにしろ、とにかく変なことには変わりがない。ためしに、秋葉原を歩いてみればいい。互換機を売る店に直接、行くのもいいが、なにやら怪しい店があったり、路上で顔色の悪い女が地味にチラシを配っていたら、それがＡＴ互換機の店だ。オウム真理教が経営していることで有名な、「マハーポーシャ」はあれはあれでちょっとなんだが、あんなもの、氷山の一角にすぎない。もっと恐ろしい店があることを知らねばならないし、そこに行けば、想像を絶する者らに会うことが出来る。ああ、恐ろしい、なんて恐ろしいんだ。こんなふうに書きながらも、店の中に漂う異様な光景が蘇って背筋が凍る思いをしているのだ。

そこで、じゃあ、Ｍａｃの連中はどうなっているのかという疑問がでてくるのは当然だが、それはそれとしてなおさら強調する問題がある。

「Ｍａｃを買いに来た若い夫婦は、エアコンを買いに来た若い夫婦によく似ている」

だから異常な暑さを記録した今年の夏、秋葉原は、エアコンを買う若い夫婦とＭａｃを買う若い夫婦で盛況だったというが、困ったのは、客引きをする店の者らで、これまでの経験なら、あの客はエアコンだなとか、あっちの客はビデオだろうと勘を働かすこともできたが、いまではそれもままならない。なにしろ、何もわからずにＭａｃを買いに来てしまうのだ。買いに来たのはいいが、そこがエアコン売場であることにも気がつかない。まして、エアコンとＭａｃの違いにも気がつかず、Ｍａｃを壁に付けるものだと思っていたりもし、部屋が涼しくなるのがＭａｃのユーザーインターフェースのすぐれたところだと信じてもいる。

「いいわね、マックって」

「うん、すごくいい」

「最近、薄型が出たのね」

「見ろよ、タイマーまでついてるぞ」

といった、わけのわからない会話が平然となされているので、売場の人も、たいそう困っているとのことだ。そこへゆくと、AT互換機の店でマザーボードかなんかを見ている連中は、そんなことはけっしてなく、ないばかりか、そもそもエアコン売場などには姿を見せないだろう。まして、女性がいることは稀であり、男女の二人連れが互換機のショップに姿を見せるのは、まあ、世界広しといえども、私と私の家の者くらいだ。そもそも、連中はエアコンというものの存在を知らない。「冷やす」とか「クーラー」と言えば、「CPUクーラー」のことしか思い浮かばないし、よしんば知っていたにしても、暑いからってエアコンを買うくらいなら新しいマザーボードに手が伸びてしまうので、家には使っていないマザーボードがごろごろしている。AT互換機を使っている友人のところに行って驚いたことだが、コーヒーを出してくれるというので待っていると、古いマザーボードをお盆の代わりに使っていた。「暑かったらこれ使って下さい」と渡されたのは、ビデオカードだ。二人してそれをぱたぱた扇いだ。異様な光景である。

こうして両者の驚くべき実態を書いてみれば、「それぞれの顔」について、なにかしらイメージできるのではないか。私の場合、どちらのマシンも使っているのでなんとも言い様もないが、だからこそ、客観的になれるという強みがある。いったいなんの客観だ。まあいい。

それにしても、その顔だからそのマシンを選んだのか、マシンを選んだからその顔になったのか、まるで、「鶏が先か、卵が先か」のアレゴリーにも似て、いまや秋葉原の町では、「顔とコンピュータ」という、たいへんに深い思想的命題が、具体的な形になって展開されているのである。

（94年12月）

横になって読めない

少なからぬ数のコンピュータ雑誌の問題点のひとつは、その重量にあることがよく知られている。たとえば手元にある月刊アスキー六月号を調べてみると、ゆうに一・五キロはあり、これはちなみに、私が所有するシンクパッド２２０より、二五〇グラムは重い。また、うちで飼っている犬の体重は一一・五キロで、だったら、アスキーのほうがずっと軽いじゃないかと安心していられないのは、アスキーやシンクパッドは持ち運ぶが、犬は持ち運ぶことはめったにないからだ。だいたい、アスキーは読むものだが、犬のことは読まないだろう。

「犬を読む」

たしかにそれは、そこに文学性を感じるが、私がここで語りたいのは、物理的な範疇の問題であって、文学ではない。あたりまえに考えれば犬のことは読まないので、重かろうが軽かろうが、まあ、どうだっていいのだ。

すると、「犬という存在」は、その程度のものなのか、なんだ、犬なんて駄目じゃないかと思う向きもあるかもしれないが、そうではない。犬がわんと鳴くことにおいて、犬の優位性を認めなければいけないのであり、それは、犬がどこにいるかすぐにわかることを示して著しく有効である。

その点、アスキーはそんなわけにはゆくまい。ちょっとほっとくと、どこに片づけたのかわからなくなることがあって、はなはだ厄介だ。重量もあり、大きさもかなりあるのにこれはどうしたことだろうか。だが、そんなことはほんとうはどうでもいいことなのではないか。アスキーの、「重量」を考えることがいまもっとも求められる最大の理由は、その「危険性」にあることは言うまでもない。

足の上に落としたらどうするんだ。

試しに、実験してみることにした。実験台は犬である。名前はライカだ。柴犬の雑種である。まず、アスキーの背表紙で犬の後頭部を叩いてみる。

「うきゃ」と犬は言った。

顔をしかめ、しばらく声がなかった。それから、恨めしそうな顔で私のことを見た。私もちょっと力を入れすぎたかなと思って反省したが、犬が見ているのは私のことではない。犬の視線はあるものに注がれている。

アスキーだ。

やはりそうである。犬だってそのことをすぐに理解したのだ。何よりも危険なのは、アスキーであると。次の実験には、友人の佐原君に協力をお願いした。足元にものを落とす実験である。まず、犬を落としてみることにした。落とすのはもちろんライカだ。ライカを抱え上げると、佐原君は私の指示に従ってその手を放した。

犬が落ちる。

たしかに佐原君の足の上に落ちたはずだが、声を上げたのは佐原君ではなかった。「うきゃ」と言ったきり、犬が走って逃げて行く。それっきり犬は戻ってこなかった。長い時間、茫然とそれを見ていたが、佐原君と私は同じことを考えていた。

いったいこれは何を意味するのか。

おそらく、犬は落とすものではないということだ。もちろん、アスキーだって落とすものじゃないことぐらい私だって知っている。だが、アスキーの場合、手にしていたらうっかり落としてしまったという状況は考えられないわけではない。そこへゆくと、犬はそういう訳にはいかないだろう。犬をうっかり落とすことは、まず、ない。

ともかく、第二の実験を実行することにした。アスキーを足の上に落とす。佐原君は、アスキーを手にすると、「重いっすね、これ」と不安そうに言う。ちょうど胸のあたりにアスキーがある。手を放した。アスキーが落下する。うまい具合に足の上に落ちた。

「いてえなこのやろう」と思わず佐原君は言った。

「やっぱりか」と私が問いかけると、顔をしかめた佐原君は、「いやあ、痛いですよ、これ。こんな危険なもの、よくみんな手にしますね」と言い、つくづくアスキーのことを見るのだ。

「これ、本屋で売ってるんですか?」

「ああ、買うのに許可もいらないんだ」

「大量に買って保管してるやつがいるかもしれませんよ」

「何の目的で?」

「もちろん何かあるんでしょうけどね、見つかったら農薬を作ろうと思ってたなんて言い訳するんじゃないですか」と佐原君はつまらない冗談を言った。

たしかに、アスキーの重量と、その危険性を考えれば、あながち佐原君の想像もあり得ないことではない。それから佐原君は、あらためてアスキーを手にすると、ぱらぱらページをめくる。

「これ、何の雑誌ですか、わからないなあ、星占いの雑誌じゃないことは確かだと思うけど」

そんなことをぶつぶつ言う佐原君に、あることを私は提案した。

「ちょっとそれ、横になって読んでみないか」

「これを?」

と、なにか疑いの色が混じった目で私のことを見つつも、佐原君は、素直に横になる。仰向けになり、アスキーを読む体勢になった。腕を上に突き出す格好だ。その手にアスキーがある。しばらくそうしていたが、

「わあ、どうやって、ページをめくればいいんだ」と彼は声を荒らげた。

それから腕を降ろし、「だめだ、読めない。腕がもう疲れちゃって、こんなに重いもの、横になって読もうなんて不可能ですよ」とアスキーを放り出した。

ところで、あらゆる種類の雑誌は、待ち合わせの道具としてよく知られたもので、初めて会う者同士が、お互いのことを知るためにそれを目印にするのはしばしば見かける光景である。新宿の紀伊國屋前や、渋谷のハチ公前には、雑誌を手にして待ち合わせをする者が、少ない日でも、だいたい八人はいる。たとえば、週刊朝日は待ち合わせの領域においてたいへんにポピュラーなものだし、なかには月刊囲碁を目印にする初対面の囲碁仲間もいるのではないか。アスキーはどうなのか。

私は思うに、アスキーは待ち合わせに向いていないと思う。

なぜなら、アスキーを持ってハチ公前に立っているのはなんだか変だからだ。だってそうだろう、あんな大きくて重いものを苦労して手にしている者がハチ公前にいたとしたら、なにか不気味な気配さえ漂うではないか。さらに、ここまで書いたことからわかるように、アスキーをそのような形で使用するのは、はなはだ危険だというのが、アス

キーを待ち合わせに使うことを躊躇させる最大の理由である。万が一ということを考えたほうがいい。万が一、アスキーを手にして待ち合わせをしているところへ、当の相手がやってきて、やってきたのはいいが、少し時間に遅れたからと走っていたとしよう。思わず、直前でつまずき、転びそうになった。不安定な身体が、よりによって、アスキーに向かって倒れ込んだとしたらどうなるか。頭を打つのだ。

アスキーの背表紙で頭を打つ。

これほど危険なことがあるでしょうか。アスキーは待ち合わせには向いていない。そして、アスキーの危険とはそのようなものであり、私たちは、そのことに、ひどく無自覚だ。

（95年8月）

二種類の人間

よく、人は、「つまり、世の中には二種類の人間がいるってことだよ」といった言葉を使いたがる。気がきいているとでも思っているのだろうか。何かことがあると、それをまとめるように言うやつがいるのだ。「世の中には二種類の人間がいるってことだよ」と口にしたあと、少し間を置き、そして、言うだろう。

「おいしいものを、最初に食べるやつと、最後まで残しておくやつさ」

この、少し間を置く部分が理解できない。間を置いて、聞く者の顔を見、止めた呼吸を、ふっと解放するように次の言葉が出てくる。そんな演出をするほど、こうした語法に意味があるとでもいうのだろうか。

「世の中には、二種類の人間がいる。靴下を、右から穿くやつと、左から穿くやつだ」

じゃあ、両方を同時に穿く人はどうなるんだ。まあ、両方、同時に穿く人はあまりいないと思うが、ありえない話じゃないとすれば、世の中には、「三種類の人間」がいるかもしれないし、他にも、想像もできない靴下の穿き方をする者も現われるかもしれない。こうなると、靴下問題を考えることが、私たちにとっていかに困難な作業かと気づかされるが、だからって、靴下問題を考えることは稀である。なぜなら、私の人生にとって靴下とは、ただ穿く物でしかないからだ。

しかし、「二種類いる」というのならまだいいほうなのではないか。「六五種類いる」ということになると、やや複雑だ。さらに、「三四種類と、それぞれに五種類」というわけで、都合、一七〇種類、しかも階層式になっているから、ことはいよいよ錯綜する。だったら分類しなくたっていいじゃないかと思うものの、そうした語法を得意とする者らは、すきあらば分類してしまうので、「わんこそばチャンピオンには、二種類の人間がいるね」といきなり言い出すだろう。けれど、「わんこそばチャンピオン」のことは、私たちにとって、まったくどうでもいいことである。

コンピュータについて、そうして分類する者がいたらどうか。聞くだけの価値はあるかもしれない。

「コンピュータを使う人間には、二種類の人間がいる」

と誰かが言ったとしよう。で、そのときだ、何かのアクシデントで、彼が死んでしまった。不意の出来事である。突然の病死。あるいは事故。もちろん、目の前で死んでしまったのだから、それどころではないが、それにしても、「コンピュータを使う人間には、二種類の人間がいる」と言い残された者は、「いったい、なんなんだ、二種類って、どんな人間なんだ」とひどく気になるのではないか。葬式も終わり、もろもろの雑事が片づき、ふと我に返って思い出すのだ。「二種類って、いったい……」と。あるいは、身内の者らに、最後の言葉を報告することになるかもしれないとすれば、ことはいよいよ重大である。

「コンピュータを使う人間には、二種類の人間がいる、ということでした」

「なんですか？」

「いるらしいんですなあ、どうやら、二種類」

「二種類っていうと、ウインドウズを使う人間と、Ｍａｃを使う人間、とか」

「ああ、それも考えられますけど、あるいは」

「あるいは？」

「秋葉原のことを、アキバと呼ぶ人間と、ハバラと呼ぶ人間です」

たしかに、「アキバ」は一般的だが、「ハバラ」はそうではない。私の知人でもそう呼ぶのはたったの一人だ。もしかすると彼は、世界でただ一人の、「秋葉原をハバラと呼ぶ人間」かもしれなかった。しかし、「アハラ」に比べたら、「ハバラ」はまだいいほうだ。「アハラ」はないだろう。なんだ、「アハラ」とはいったい。だが、死者の言葉である。もう少しまじめに考えるべきだと、〈最後に言葉を聞いた者〉も、〈身内の者〉も感じたにちがいない。死者から彼らに残された謎は、「コンピュータを使う人間には、二種類の人間がいる」という言葉だ。

「キーボードを操るとき、あぐらをかくものと、椅子にしっかり座る者だ」

これにはまだ、どこかふざけた響きがないだろうか。死者への冒瀆という言葉を、〈最後に言葉を聞いた者〉は思い浮かべた。しかも、「あぐら」「椅子にしっかり座る」のほかに、「正座」もあれば、なかには、「爪先立ち」もあるかもしれない。最後のそれは、「バレリーナのキーボード」である。なにもそんなに苦労してキーを叩くこともないのにバレリーナってやつはと、こんどは〈身内の者〉が思った。

「朝食が、ごはんのやつと、トーストのやつ」って、そんなことは、コンピュータと関係ないではないか。だが、一見、コンピュータとなんの関係もなさそうだが、なにやら意味を感じさせる微妙なものもある。

「窓を開ける者と、窓を閉める者だ」

どこかそれふうである。しかも、メタフォリックでもある。ウインドウズの、窓を開けるのにひっかけ、気がきいたことを言った気分になって、〈最後に言葉を聞いた者〉は、上機嫌になった。

「で、そのココロは?」と、〈身内の者〉が、予想もしなかった質問をした。

「なんですか?」

「ココロですよ、ココロ。それって、どういう意味なんです？」

関係のない話になるが、意味が知りたいとき、「そのココロは？」と質問する者を私は嫌いだ。「どういう意味ですか」と素直に聞けばいいじゃないか。ま、それはいいとして、〈最後に言葉を聞いた者〉は、すぐに答えが出てこなかった。口に出してみたものの、あまり考えていなかったからだ。しばらくして、ようやく、とぎれとぎれに話し始めた。

「つまり、コンピュータを使うことで、それによって、他者とのコミュニケーションを広げる者と、そうではなく、自分の世界に閉じこもりがちになる者のことです。おわかりになりますか？」

最後の、「おわかりになりますか？」がいけなかった。これほど相手を見くびった言葉があるだろうか。「そのココロは？」も嫌いだが、「おわかりになりますか？」はもっと嫌いだ。〈身内の者〉もむっとしたが、かろうじて表情には出さなかった。それで彼は、もっと気のきいたことを言ってやろうとムキになる。

「だけど、コンピュータを使う者には、二種類の人間がいるね。箱の中身を見ようとする者と、すぐに箱ごと家に持ち帰る者だよ」

言い終えて、ちらっと、〈最後に言葉を聞いた者〉を見た。だが、〈最後に言葉を聞いた者〉は、妙に感心した表情をし、それから、つぶやいたのである。

なにがなるほどなのかと思った。なにしろ、それを口にした、当の、〈身内の者〉にさえ、意味がわからなかったからだ。だが、だからって、「そのココロは?」と、聞き返すわけにはいかない。なにしろ、それを言ったのは自分だからだ。

気のきいたことを、私は言おうとは思わない。けれど、世の中には二種類の人間がいるらしい。「気のきいたことを言う者と、それを黙って聞いている者」だ。

「なるほどね」

(95年9月)

コンピュータと熱

残暑お見舞い申し上げますと書きたいところだが、人のことはともかく、この夏、仕事部屋の蒸し暑さをなんとかしてくれと私はいいたかった。

マルチメディアだ、インターネットだ、なんだかんだとコンピュータ業界では様々な未来が語られもするが、それはそれで結構なことだし、私がとやかくいうような問題ではないものの、このくそ暑さのなかにいれば誰だって、あまり語られることのない、コンピュータのある問題点を提起せずにはいられまい。

「コンピュータはひどく発熱する」

熱を出すのだ。このくそ暑いのに何を考えてるんだお前らは。もう少し、穏やかにやってもらえないものなのか。そこでここはひとつ、データをとらなければと思い、仕事部屋にある機械類がどれほど、室温に関係するかを計測してみることにした。使ったのは、家の棚の上でほこりまみれになっていた寒暖計だ。いつ作られたものかよくわからない。正確さも怪しい。しかし、ないよりはましだし、何も持たずに、勘だけでデータを作るのもどうかと思ったのだ。さて、仕事部屋にある機械は、DOS/Vマシンが二、マッキントッシュが一、ディスプレイが二、プリンタが一、モデムが一、ファクス付きの中型コピー機が一、あと、電話、小型テレビ、CDプレーヤーがあり、めったにあることではないが、全部が同時に稼働することもないわけではない。

そのことを想像すると、空恐ろしい気さえ私はした。

「全部が同時に稼働する」

熱帯雨林のジャングル地帯で、蟻の大群が一方向に進んで行くあのおぞましい姿を想像させられないだろうか。どうしてそんなことを想像したのかわからないが、暑さも相俟って、背中に汗が一筋垂れるのを感じた。その日、東京の気温は三六度だとテレビのニュースで報道されたが、私の部屋の室温は、三六・五度だ。さて、実験を開始しよう。まずは一番よく使っている、DOS/Vマシンのひとつを起動させる。もちろんディスプレイも同時に使う。三六・五度だった。なんだこれは。何も変わらないというのか。釈然としないが、ともかく、もう一台のDOS/Vマシンを動かすことにした。

めまいがしてきた。

だが、まだまだ生ぬるい。何が生ぬるいのかよくわからないが、生ぬるいものは生ぬるいのである。こうなったら部屋中の窓という窓を閉めてやろうじゃないか。どうだ、もう一歩も逃げられまい、とわけのわからないことを言いつつ窓を閉めれば、さらに上がる。こうなると、やけになってくるが、人間、やけになったらおしまいだ。やけをおこし、Ｍａｃとプリンタ、ＣＤプレーヤーと小型テレビを一気に動かした。気温がものすごい勢いで上昇するのがわかる。いったい何度になったんだ。そう思って、汗がにじんでよく見えなくなった目を寒暖計に向けるが、寒暖計の目盛は、三六・五度をさしたままだ。なんだこれは。私は寒暖計を投げ捨てた。

「こんなものがあるからいけないんだ」

投げられた寒暖計にすればひどく理不尽なことを叫んでしまったが、そのとき、ちょっと身体を動かしたせいか、体温がさらに上がったような気がする。全身がしゅーしゅーと音をたて沸騰しているような気分だ。顔を下げると額の汗が床に落ちる。えーい、こうなったらとばかりに、コピー機のスイッチも入れた。部屋の中でもっとも大きな機械だ。さすがに、大きいだけあって、稼動するときの迫力が違う、熱が形になって機械から出てくるように感じた。サウナに入ったときのように、汗は止めどもなく出る。それで、私はようやく思ったのだ。

「なぜ、こんなことを俺はしてるんだ」

そうだ、コンピュータと熱の関係を知ろうとしていたんだ。ああ、もうよくわかりました。だからもういいじゃありませんか。それで私は、仕事部屋からあわてて飛び出した。居間に行けばエアコンが部屋を冷やしている。

「あー、天国と地獄だ」

居間に入った途端、私はそんなふうに思わず口にしたが、人間、こういうときはついつい、ひどく凡庸な言葉を発してしまうものである。

（95年10月）

どうやって押さえるか

私の周辺で、コンピュータを使っている人の数は少ない。日常的に、コンピュータについて話をする機会もあまりないので、ちょっとした疑問が浮かんでも質問する相手が誰もいないのだった。それはひどくちょっとした疑問だ。パソコン通信を通じて質問するほどのこともなく、逆に、そんなことを質問したらばかだと思われる可能性も十分にある。だが、それでも私はそのことを知りたい。誰か教えてくれるやつはいないのか？

まず、いま一番知りたいのは次の問題である。

「本を引用するとき、その本のページをどうやって人は押さえているのだろう」

たとえばこれが、手書きだったとしたらなんでもないことになる。左手で本のページを押さえ、右手でノートに書き写せばいい。もちろん、左利きの人ならこの逆になる。ところが、当たり前の話だが、キーボードを使うと両手がふさがるのである。本を開き、キーボードの傍らに置く。で、引用しようと思うページを開いたはいいが、たいていの本は、ページがぱらぱらとなって、本が閉じてしまうのだ。

こんなに厄介なことがあるか。

閉じてしまったらことである。どこだったかあらためて探すのが面倒だ。そこで、なにか重石になるものをと探すが、ペラペラの本だったらいい、分厚い本だとしたら、置いた重石が不安定になりはしないか。その不安定さが気になって、引用どころではなくなってしまうだろう。小さな重石ではなんの役にも立たない。戻ろうとするページの力が強くて重石をはねのけてしまう。では、大きな重石がいいかといえばそうでもない。あんまり大きすぎては、引用しようと思った箇所が読めなくなってしまうではないか。いよいよ厄介である。そして、そんなことばかり気にしているうちに、その本を引用して何を書こうと思っていたのか忘れてしまいかねないのだ。

いったい、人はこの問題に対してどう対処しているのだろう。引用することが多いといえば学者がそうだと思うが、そういう人に私は聞きたい。

「どうやって押さえているんだ?」

しかし、いきなり電話してそんなふうに切り出すのもなんだか気がひける。ばかだと思われたらなおさらしゃくである。そんなに面倒ならコンピュータを使わなきゃいいのだが、使いたいんだ俺は。

さて、さらに私が気になっているのは次のような問題である。

「アプリケーションソフトのパッケージを人はどうしているのか」

たとえば、フォトショップのパッケージは巨大だ。部屋に残しておいたら場所を取り、しかも中にあったマニュアルを出してあるので、上に重いものを載せようものなら、妙な形になってしまってどうにも気分が悪くなる。それも、ひとつやふたつだったら気にもしないが、それがだんだんたまってゆく。パッケージばかりがうず高く積まれてゆくのだ。高く積み上げたとき問題なのは、それがやはり不安定になったときだ。ゆらゆら揺れて、いまにも倒れそうだ。そんなになるまで、なぜほっといたのかと後悔してももう遅い。こうして部屋には、コンピュータソフトのパッケージがうず高く積み上げられ、ゆらゆら揺れている。こんなに不安を抱えた生活がはたしてほかにあるだろうか。

そんなに邪魔なら捨てりゃあいいのか。そりゃあ、そうだろう。さっさと捨ててしまうのが一番だ。だが、捨てるのに忍びない雰囲気が、あのパッケージにはあるから私は悩んでいるのだ。だいいち、なんだかもったいないような気がする。なにより私はそんな安易な解決法を取りたくない。そんな安易な道を選択して何になるというのだ。

ああ、それにしてもたまる。ゆらゆら揺れる。そして、本の引用は厄介だ。

（95年11月）

不可解な音

パソコン通信をはじめて、最初に気になったのは、モデムの音のことだ。まあ、接続する前にダイヤルする音はいいとしましょう。カカカ、カカ、カカカなどと音がし、ダイヤルをはじめる。モデムに内蔵されたリレー部から音がするとはいえ、電話で耳にするなじみのある音だ。それから、プルルルルと呼び出し音。カチッと回線が繋がった合図がある。問題はそのあとに発生する。

「ピーヒョロロロロー、ピー、グガアー」

ここだ。接続するときのあの音だ。特に、最後の、「グガアー」がどうもいけない。初めて耳にしたときの衝撃を私は忘れない。

「このニワトリを絞め殺すような音はなんだ」

誰かがモデムの向こうで苦しんでいるのかと思った。もっと他にいい音はないのか。心地よい音はなかったのだろうか。「パラヒラピロヒラリー」といった感じの。なにか天国にいるような気分になるだろう。だが、現実はそうではない。「グガアー」である。私ははじめ、これが一般的なものなのかどうか疑った。うちのモデムだけがこうなのではないか。だが、いまだ私は、このことを他人に質問をしたことがない。

「お宅のモデムだけど、パソコン通信に接続するときってあれですか、やっぱり、ピーヒョロロロロー、ピー、グガアーになりますか」

だがここで問題なのは、私の耳には、「ピーヒョロロロロー、ピー、グガアー」だが、他人がそれをどう受けとめているかは謎だということだ。なかにはもっと、異なる受けとめ方をしている者もいるかもしれない。

「キーピュルルルー、ピヒョー、グゲゲゲゲー」

といったふうに。また、こんなふうにそれを表現する者もあるかもしれない。

「チュッチュチュルル、チュルリラ、ベッヴァビブベー」

まあ、それを人がどう受けとめようと自由だが、「ベッヴァビブベー」はちょっと困りものだ。何が困るかよくわからないが、とにかく困りものである。しかし、私の耳が感じる、「グガアー」も人によっては異様に感じるかもしれない。ここに、あの接続音について、語ることを人に躊躇させる不安な部分があるのだった。いわば、接続音は人を抑圧する。私はあえて提言しよう。誰もが自由に、「接続音」を語り出さなくてはならない。

「ドルルドリッポ、ドゥッデドゥデ、ドンゲリャバッチャラバビー」といった、想像を絶するような音に聞こえる者がいてもいいじゃないか。そんな人とは、あまり親しくなりたくない、という思いは確かに私にもある。だが、差別や排除はコンピュータの敵である。どんなふうに聞こえたって構わないのだ。

ともあれ、便宜上、ここでは、「グガアー」とするが、あれはいったいなんだろう。どこか他でも似たような音を聞いた記憶もあるが、それが何だったかどうも思い出せない。

「トイレの水を流す音」か、あるいは、「おやじのいびき」か。だが、もっと違うものだったような気がする。

そんなことを考えていたおり、ニフティサーブで高速接続のサービスがはじまった。早速、接続すると、思ってもみなかったような接続音に私は驚かされた。

「ビビー、グボー、グヒョヒョーン、ピー、ビュンビュン、ビュッビョー、ブィーン」なかでも、印象に残ったのは途中にある、「ビュンビュン」の部分だ。アイヌの民俗楽器に、口にくわえて音を出す、ムックリ（口琴）があるが、あれに似た音だ。あるいはシタールの音にも近いだろうか。何に似てようと構わないが、それを聞いたときも驚いた。「グガアー」にしろ、「ビュンビュン」にしろ、ぞんざいな感じが否めない。繰り返すようだが、何か他に音はないのか。インターネットだ、マルチメディアだといいながら、あの音ってものはないじゃないか。グガアーで、ビュンビュンで、ドンゲリャバッチャラバビーだ。なにがニューブリードなものか。

（95年12月）

牛もいれば馬もいる

かつて私が出した本のタイトルは、『牛への道』だ。

知っている人もいると思うが、これは『TAO OF COW』というCD-ROMがあり、その内容に感動したからだ。以前、別の雑誌にも書いたことがあるので詳しく書くのはやめるが、『TAO OF COW』には、ただひたすら牛が出る。牛の図版、牛にまつわる文学、牛についての学術的な文章。ただただ牛である。どこを見ても、ただ牛が出てくるだけだ。そんなに牛が好きなのかおまえらと、アメリカ人に言ってやりたかったが、それにしてはよく牛を食うのも気にかかる。そんなに食っていいのか。かわいそうだとは思わないのか。

私は思わず叫んだ。

「牛だって、仲間じゃないか」

CD-ROMを見ながらそう叫びつつ、私自身、「仲間ってなんだ？」という思いにならなかったわけではない。「牛が仲間なら、馬はどうなんだ」と、誰だって疑問に思うだろう。だが、馬は馬である。馬はどこまでいっても馬にすぎない。

　そして、思わず叫んでしまったその瞬間から、私は、私と牛との運命的なつながりを感じずにはいられなかった。やはり、牛だ。牛である。牛が私にもたらすものはいったいなんだろう。すでに書いたように、私の本は、『牛への道』だが、「鳩よ！」という雑誌に連載中のエッセイのタイトルは、「牛よ！」だ。新潮社の「波」の連載は、「天の猿、地の牛」だ。「頓智」のエッセイは、「読書する犬」だ。どうして動物ばかりなんだ。この連載エッセイ、「左手のバナナ」も、これに決まるまでさまざまな試行錯誤があった。

『牛でゆく』

　いったいなにを言いたいのかよくわからない者もなかにはいるだろう。だが、「牛でゆく」のだ。誰がなんと言おうと、牛でゆくものは牛でゆく。だからといって、『牛でゴー』はだめだと思う。うまく説明できないが、とにかくだめなような気がする。ほかに、こんなタイトルも考えた。

『牛もいれば馬もいる』

　って、そんなことはあたりまえだが、牛のことにばかり気を取られ、馬を忘れてはいけないという教訓がここにはある。

　そうして牛に思いをよせていたある日、私は秋葉原に買い物に出かけた。いくつかの店を回り、ようやく目的のものを手に入れると、時間もまああったので久しぶりに秋葉原をぶらぶら歩くことにした。どこをどう歩いたのだろう。いつのまにか私は、あるコンピュータショップの前に立っていた。

店のなかに牛がいるのだ。

牛は四角い箱の形をしていた。見ようによっては、パソコン本体を梱包する段ボールにも見える。だが、それはたしかに牛だった。ホルスタインの身体の模様が段ボールにプリントされている。牛だ、牛だよ、このやろう。何という美しい箱なのだろう。それがゲートウェイのマシンを包む箱だと知るのにそんなに時間はかからなかった。かつて、こんなに美しいパソコンの箱を見たことがあっただろうか。箱といえば、たいてい型番や商品名が印刷してあるだけのつまらないものだが、ゲートウェイはまったく違う。それはまさに、牛のことを知りつくした者にだけ可能なデザインだ。

牛がいる。

私はしばし箱の前で立ちつくした。牛と私を結ぶものがここにある。私は決心した。ゲートウェイを買おう。マシンがどうなのかなど、知ったことか。そこにあるのは牛なのだ。牛を前にしてただぼーっとしている場合ではない。

「牛でゆく」

私はそうつぶやいていた。そうだ、いまこそ私たちは、牛でゆかねばならないのだ。

それでひとまず、ゲートウェイのキャラクター商品のなかでも一番安い、牛の模様の鉛筆を買うことにした。ゲートウェイ2000への道はまだ先だ。ひとまず鉛筆で我慢しよう。だがきっと私はその道をたどることだろう。

「牛でゆく」

その道をどこまでも私は、牛でゆくのだ。

（96年1月）

便利の陥穽

コンピュータを使う上でさまざまな困難に直面するのは誰でも同じだが、なかでも私をいやな気分にさせるのは、次のようなテーマだ。

「便利だけど面倒」

別にパソコンに限った話ではないのかもしれない。「便利」を損なわせるもののひとつに、「面倒」があることはよく知られた話だ。コンピュータは便利だ。けれど、便利の裏につねについてまわる面倒をけっして忘れてはならない。

たとえば、住所録がいけない。住所録ソフトを使えば、なにかいいことがあるに違いないが、だからって名刺や手紙を整理し、住所録ソフトに入力することを考えると、これほど面倒なことがほかにあるでしょうか。もう、面倒を通り越し、不愉快な気にさえさせる。何が不愉快を生み出すのか。名刺をもらったら、その日のうちに入力をすますのが一番いいにきまっている。ところがそんなふうにできないから私は苦悩するのだ。

その日のうちにすませば、面倒も軽くてすむが、気がつくと大量の名刺がたまっているのだ。あの、名刺の山が人の気持ちをだめにする。

「夏休みの宿題的面倒」

なぜ私はこんなことで、苦しまなければならないのだろう。子供の頃のあの夏休みの悪夢が、名刺の束を見ることでよみがえるのだった。

「早いうちに入力をすませておけばなあ。毎日、せっせと入力していれば、こんな思いをしなくてすんだのに」

夏休みの宿題と構造はまるで同じだ。けれど、夏休みの宿題と異なる部分もいくつかあり、そのことがまた私を悩ませる。

1　夏休みは確実に暑いが、名刺入力は暑いときもあれば寒いときもある。

2　夏休みは必ずスイカを食べるが、名刺入力は食べるときもあれば食べないときもある。

3　夏休みは宿題をさぼって大いに遊ぶが、名刺入力をさぼっても大いに遊んでいるわけではない。

4　夏休みの宿題を片付けないと教師に叱られるが、名刺入力をしなくても誰からもとがめられない。

5　夏休みの宿題をやってもなにか便利なことがあるわけではないが、名刺入力をしっかりすませば、便利なことがいろいろあるらしい。

問題になるのは、やはり4と5だろう。まず、4についてだが、会社などで上司から叱責されることもあるので一概に断言できないが、大人は名刺入力程度のことであまりしかられることはない。名刺の山を前にびくびくすることもなく、やらなきゃやらないで、困るのは純粋に自分だけだ。親に迷惑をかけるだろうか。先輩はどうか。家名に傷がつくこともない。「だったら、名刺入力なんてしてたまるか」と、そんなふうに考えてもいたしかたないので、そこに住所録ソフトの落とし穴がある。迂闊に住所録ソフトに近づいてはいけない。もっぱら自己嫌悪に陥るだけだ。

さて、5はさらに深刻だ。ここに、「便利だけど面倒」という現代的な課題が存在するのである。

便利だから困るのだ。

なんでおまえは便利なんだ。便利じゃなければ、名刺の入力なんて俺はしないぞと、住所録ソフトにいいたいのである。もしこれが、まったく便利じゃない住所録ソフトだとしましょう。入力したのはいいが、なにもできないのである。検索なんて高度な真似はもちろんできない。プリントアウトもできなけりゃ、起動しても何も出てこなかったとしたらどうだ。どうだってこともないが、これは不便というより欠陥商品である。けれど、それほどダメだったら、あの「夏休み的面倒」の悪夢からようやく私は解放されるのではないだろうか。

「名刺の入力だって？　ばかばかしい。俺はこんなやつのために、貴重な時間を失いたくはないよ」とでもいってやろうじゃないか。驚いたか住所録ソフトめ。

だが、便利の前で人は無力だ。

（96年2月）

秋葉原の素人

昨年の暮れ、ある用事があって、久しぶりに秋葉原に行った。秋葉原の町を歩くと、なぜあんなにも疲れるのだろう。駅の周辺がどうもいけないような気がする。どういう構造になっているのかよく分からないのだ。

まあ、標示にしたがって階段をのぼれば、目指す総武線のホームに出ることは可能だ。けれど、いったい自分は、いまこの駅の、どういった場所に位置しているのか、どこをどう向かって歩いているのか、秋葉原駅という世界の、どこに存在しているのかがよく分からないのだ。

いわば、めまいのする感覚、一種の浮遊する不安感だ。

大袈裟だと笑われるかもしれないが、では、あの総武線のホームに立ったとき、いつのまにかひどく高い場所にいることに対して、どう理解したらいいのだろう。たとえば、「階段を上がったからではないか」と、人は簡単に答えるかもしれないが、私は秋葉原のあの長い階段を上がるたびに、いま階段を上に向かっているのか、それとも下に向かっているのか、ひどく不安になる。秋葉原の電気街口の改札から進むと、途中、何かの路線のホームに出てしまい、うっかりすればまた別の階段を降りてしまいかねない。

降りてしまったらただごとではない。

なぜなら、また再び、電気街に逆戻りするからだ。すると、T-ZONEなんかに行ってしまって、買わなくてもいいのに、意味もなくSCSIケーブルを買ってしまう。気がついたときにはもう遅い。

「俺は、いったい何をやっているんだ」

秋葉原の町はすでに夕暮れ時である。いくつかの店がシャッターを閉める。人の気配もまばらになり、照明器具店の店頭に並べられたさまざまな種類のあかりが、哀愁を感じさせながら灯るのである。そして私は、緩慢な足取りで家路に着く。それも、再び駅に戻ったとき、無事、階段を降りなかった場合の話だ。無限ループの恐怖があの駅にはある。

しかし、こんなことをいうと、秋葉原のプロたちは、「これだから素人はだめだ」などとおっしゃるのではないか。たしかに私は素人だ。秋葉原に関しては素人だし、あと、錦糸町も素人なら、田端や駒込、西日暮里だってひどい素人だ。だが、一ついわせてもらおう。

「豪徳寺のことはよく知っている」

で、まあ、そんなことはどうでもいいのである。その日、いつものように新宿から総武線に乗り、秋葉原のことを私は考えている。

秋葉原の駅に着くと、そのホームに、いままで一度も見たことのない、小さな降り口があることに気がついた。降り口の先は階段だが、それがどこに通じているのかはじめは分からなかった。ことによると、それを降りた先が、また総武線のホームかもしれない。

私は緊張した。だが、その先を見てみたいという冒険心には勝てなかった。

階段を降りるとそこはデパートだった。

デパートといっても、まるで地方都市にある、なにかさみしいデパートだった。狭い空間にぎっしりと並べられた衣料品、わけのわからない商品の群れ、そして、店員たちの生気のなさはいったいなんだ。

「秋葉原デパート」

この怪しい名前が私をさらに不安にさせる。ここにある怪しさはなんだろう。自らデパートと名乗ることがことさら怪しさを強調している。そもそも、このデパートは秋葉原駅のなかで、どういった位置に存在しているのだろう。分かるのは、秋葉原デパートの上に、総武線のホームがあるということだが、駅とデパートとの関係はどうなっているんだ。

駅前には、古炉奈という喫茶店がある。休日はたいへんに混雑する。混雑したとき、古炉奈の店員の一部は、忙しさに負けて、我を失う。客に対してたいへん無愛想になるが、秋葉原駅にいることの不安に比べたら、それもとるに足りないことだ。（96年3月）

笑いが含まれた声音で

それにしても、あれはどういう意識の状態なのだろう。コンピュータについて何かよくわからない事態が発生したときのことだ。頭が混乱する。マシンが壊れて混乱しているのではない。その後のことを考えるだけで意識が乱れるのだ。サポートセンター、お客様窓口と呼び方はさまざまだが、製品のメーカーに相談したとき、その電話口で、〈ある種の人々〉は、どうかと思うほど緊張せずにいられないのである。

電話を握る手に汗がにじむ。

「なんていうか、変なんだなあ」

いきなり、こんなふうに切り出してしまった。

「変なんですか?」

「動かないんだなあ」

「どんなふうに、動かないんですか?」

サポートセンターの人は親切だ。緊張させようなどと思っているわけではない。だが相手がどんな人間だとしても関係がない。〈ある種の人々〉にとって、緊張するものは、なにがあっても緊張するのだ。「だめなんだなあ」と、ある種の人々が曖昧な言葉を発しているとき、まるで、業を煮やしたかのように、親切な人は言うだろう。

「config.sys、教えてもらえますか？」

いきなりきた。こんなふうに言われたらもうだめだ。DOSのことがわからないとかそういったレベルではない。恥ずかしいのである。教えたら、内容を笑われるのではないかと心配になるのだ。

「config.sysはありません」

嘘を言ってしまった。そんな嘘がなんになるというのだ。それはつまり、風呂を直してもらおうと、業者の人を呼んだのはいいが、風呂場の掃除をし忘れていた。それを見せたくないばかりに、「お風呂場、どちらですか？」と業者の人が言い、それに対して、「風呂なんかありませんよ」と答えるようなものではないか。

業者の人はどんな気持ちになるのだろう。だが、〈ある種の人〉はもうすでに、「config.sysはありません」と言い返していた。取り返しがつかない。いまさら、「やっぱりあります」などと訂正できるだろうか。

「そんなことはないでしょう」

笑いが含まれた声音で、サポートセンターの人は言うのだった。その「笑い」に、〈ある種の人〉が、かちんときたことは否定できない。

「ないものは、ないんだ」

叩きつけるように電話を切った。しまった。何を目的に電話をしたのだろう、そうだ、マシンの調子が悪くて、それで質問しようと思っていたのだった。「聞くは一時の恥、聞かぬは一生の恥」という大袈裟なことわざを思い出した。父親が死ぬ直前、「父さんが一番好きな食べ物は何？」と聞きそびれたのを、今さら後悔する気持ちによく似ている。よくわからないが。

もう一度、電話した。さっき電話したことを悟られないように、少し声と態度を変える。

「なんかさあ、変なんだよね」

かなり無理をしていると自分でも思ったが、こうなると最後までそのキャラクターで通さなければならないのだ。ところが、サポートセンターの人は、親切な上に、きめこまやかなサービスも提供してくれるのだった。

「さっきの方ですね」

足元が音をたてて崩れてゆくのを感じた。〈ある種の人〉は、素直にconfig.sysをファクスで送ることになった。ファクスを見ながら向こうでどんなふうに、彼らが話しているのかを想像しながら。笑われているかもしれない。

「なんだよ、これ」と言うやつがいないとは限らない。

もう、マシンなんかどうでもいい。早くこの状態から逃げ出したい。

だが、その思いに耐えつつまた電話する。

「わはははは」

受話器から聞こえたのは、激しい笑い声だ。それはもしかすると、〈ある種の人〉にはまったく関係ない笑いかもしれない。だが、そんなことはどうでもいい。めまいを感じつつ、ある種の人々は、受話器を握った手をけっして放さなかったという。


（96年4月）

大人は切り換える

なにか大人のような気がする、「物」の使い方が、世の中にはあるのではないかと、以前から私は考えている。

たとえば、本を読むときがそうだ。ただ読むのではない。一冊の本を読みつつ、それに関連する本をかたわらに置く。メインとなる本を読んでいるのだが、必要に応じて、かたわらの本のページを開く。なぜ、それが「大人」なのかというと、こうした本の読み方が、まるで芸者をはべらせながらする相撲観戦に似ているからだ。

子供にはこんな真似はできない。だいたい芸者をはべらせる子供がいたら、はり倒したくなる。相撲といえば子供はただがむしゃらに見るし、本だってがむしゃらに読むだろう。「がむしゃら」を私は否定するわけではないが、がむしゃらだけでは、大人はつとまらない。

本題に入ろう。

私は、「切り換え器」に大人を感じる。

家の仕事場で二台のコンピュータを使い、プリンタやモデムをその二台で共有しているが、このとき、「二台のマシンを使うこと」には、「大人」は存在しない。周辺機器を共有すること、そして共有に必要な、「切り換え器」の存在にこそ、「大人」はあるのだ。なぜなのか私にもよくわからないが、なんだかそういう気がする。

だが、考えてもみたまえ、「切り換え器」の操作ひとつでプリンタが、あっちのマシンでも、こっちのマシンでも使うことができるのは、まるで、駅前に立っている労務者を、どこの現場にやるか操作する手配師のようではないか。手配師は大人だ。なにしろ、この言葉の怪しさはただごとではない。「怪しさ」とは、大人の特権である。

しかし、「切り換え器＝大人」と考えるには、「手配師」だけではどうにも説得力に欠けるのではないかと私は思う。では、「切り換え器＝大人」の正体とはいったい何か。

一台のプリンタが二台のコンピュータで使うことができるとき、人はただ、便利というだろう。たしかにそのとおりだが、「便利」と考えるなら、二台のプリンタがあればいいことになるではないか。そのほうが、よっぽど便利だ。なにしろ切り換えなくていい。ところが、二台のコンピュータに三台のプリンタとなると話はべつだ。なにしろ、プリンタが一台、ほとんど意味をなさなくなるからだ。

では、二台のコンピュータに、三匹のアヒルはどうか。アヒルは、がーがー鳴いて仕事の邪魔である。「便利」とか、「大人」といった問題とはまるで関係がないのではないか。ほかにも、「二台のコンピュータに三匹の子豚」や、「二台のコンピュータに三人のアラブ人」「二台のコンピュータに三万円のご祝儀」などがあるが、そんなものはどうだっていい。いったいなんの話だ。

話を元に戻そう。

「便利」だからといって、「大人」であるとは限らない。「便利＝大人」なら、コンピュータに莫大な投資をすればいいのだ。経済力だけが大人を意味することになる。いや、そうではない。

だから、「切り換え器」に見ることのできる「大人」とは、もっぱら「切り換えてしまう」ところにある。「がむしゃらな子供」は切り換えることを知らない。それを私なら、「大人の切り換え性」と呼ぶだろう。大人はあらゆることに対して、切り換える。たとえば、芸者をはべらせ相撲観戦しているとしよう。そのとき、突然、携帯電話が鳴った。すると相撲観戦をしていたそれまでの声とはまるで異なる声で携帯電話に応答するのである。

なんて、大人なんだ。

だから子供は、二台のマシンがあれば二台のプリンタを用意してしまう。「大人の切り換え性」はそこにない。大人は切り換える。とにかく大人は切り換える。がむしゃらなほど、切り換えるのである。（96年5月）

IV

コンピュータと
生きて

コンピュータ化の強制力

これだけコンピュータの時代になってくると、なんでもコンピュータを利用しなくてはいけない気にさせるから、ひどく厄介である。たとえば、音楽や映画はいまやコンピュータ化が当たり前のことになっている。それをうらやましく感じる業界は数多い。私が関わっている、「演劇」もそのひとつだ。

だからといって、演劇の、何を、どう、コンピュータ化すればいいというのだ。照明や音響など、コンピュータ化が比較的簡単な部分もあり、すでに、それなりに進んでいるようだ。だが、演劇の本質とはあまり関係がない。

俳優のコンピュータ化。

そもそも、俳優は台詞を間違えるものだ。ときには台詞を忘れ、出のきっかけを間違え、妙な間で芝居をすることもあって、演出家は腹立たしい気持ちになっているが、コンピュータ化が彼をせきたてなければ、「俳優のコンピュータ化」など考えもしなかっただろう。

「台詞を間違えない俳優」と、「コンピュータ化」が結合したとき生まれるのが、すなわちロボットである。ロボットが無理なら、脳のどこかとコンピュータを結べないものかとなり、それじゃまるでSFだが、この考えの間違いは、なんでもコンピュータ化しなくてはいけないという、コンピュータが持つ一種の強制力に支配されていることから生まれる。そのことをまず疑ってみる必要があるが、演劇に限らず、さまざまな方面が、このことでひどく混乱しているのだ。

「マッサージ業界」はどうか。

ここでいう、「マッサージ」は、肩こりや腰痛に効くマッサージで、もちろんこの分野には、「鍼灸」も含まれる。

「指圧のコンピュータ化」

これはなんだか、いけるような気がしないでもない。

「あなたのツボ、コンピュータがぴたりと見つけます」

こんなふうに書かれたら、やってみたくなるじゃないか。

「コンピュータ制御で、痛くない鍼」

どこをどう、コンピュータで制御するのか私にもよく分からないが、これもちょっといい。それに似たものとして、「コンピュータによる完全制御の熱くない灸」や、「コンピュータ電磁波治療法」と、怪しい治療法だって可能だ。

「マッサージ業界の未来は明るい」

私は堂々とこう宣言しよう。マッサージ業界の未来はコンピュータが握っている。

「これからは、ツボを押さずにキーボード」

指圧師のあいだで、そんな言葉がつぶやかれる日は近い、って、おやじのいい草かこれは。ことほどさように、わけの分からないことを思わず書きたくなってしまうのである。

では、次のような業界はどうなのか。

「提灯張り業界」

いったい、それがどんな業界なのか私はよく知らない。知らないが、それでもそんな業界にも、「コンピュータ化」は押し寄せているのに違いないと私は考える。

彼らはこれまでただ張っていた。

ただただ、提灯の骨組みに、紙を張っていたのだ。これまで一度だって、「張ること」に迷いはなかったが、コンピュータ化がこれだけ社会的な現象になると、これまでのように、ただ張るだけでいいのかという不安が、業界の若手の中に浮かんできたのだという。「俺はこれまで、親父さんのいうとおり、提灯を張ってきた。だけど、これからの時代、提灯張りにも、コンピュータは必要じゃないのかねえ」

だが、彼らは一様に頭を抱える。

「いったい、提灯張りの、何をどう、コンピュータ化すればいいんだ」

これは演劇人が抱いた疑問と同じものだ。演劇や提灯張りに限らず、そうして頭を抱える業界はほかにも数多く存在するだろう。「コンピュータ化」の内包する、「強制力」の構造は、いまやひどく深刻である。

（96年6月）

人は誰だってビジネスマンだ

やはり、いまはビジネスマンである。

かつて会社員と呼ばれていた彼らはその後、サラリーマンと呼ばれることになるが、なかにはリーマンという呼び方もあって、それはそれでなかなか味がある。だが、やはりビジネスマンだ。この言葉には現代の思想状況が色濃くにじんでいる。まあ、それはそうだが、ともあれ誰がなんと言おうとビジネスマンである。ビジネスマンは走る。ビジネスマンは闘う。そして彼らは日々、次のような会話を交わしているのだった。

「お、新しい電子手帳か」

「電子手帳なんて生やさしいものじゃありません。ヤングエグゼクティブの新ビジネスツールです」

何を言っているんだ。モノマガジンか、おまえは。だが、まあいい。そうであってこそのビジネスマンだ。

つい最近、用事があって新幹線に乗った。夜も遅い時間のひかりは、ビジネスマンの戦場である。出張から帰るところなのだろうか、それとも遠距離通勤の者らなのだろうか、いずれにしても彼らの目は血走り、ぴりぴりした空気が流れ、戦闘はまだ終わっていないという緊張感が車内に充満していた。まるでそれは、戦地から戦地へ移動し、兵士を運ぶ軍用列車のように見えた。私が驚いたのは、その空気のことではない。ビジネスマンの誰もがパソコン関連の雑誌、あるいはパソコン関連図書を読んでいることだ。

なぜそんなにまでして、彼らは勤勉なのだろう。たまにはアサヒ芸能を読んだっていいじゃないか。新幹線の帰り道といえば、人はたいていアサヒ芸能を読む。あるいは、西村京太郎のミステリーはどうだ。どうせならいっそのこと、競艇雑誌のマクールでもいいいぞ。マクールである。すごい名前の雑誌があったもんだ。

「廻りこんでイン狙う阿部の逃げ」

だがマクールは、あれはあれで難解な雑誌であった。そこへゆくと、ビジネスマンにとってはパソコン雑誌やパームトップＰＣ１１０だ。

こんな場所で、そういったマシンに出会うのも奇妙だが、こうなると、いま乗っている新幹線を端から端まで歩けば、ＰＣ１１０はおろか、パワーブックだのニュートンだのザウルスだの、あらゆるモバイルコンピュータに出会うのではないかと私は想像した。そんなことを書いている私もまた、シンクパッド２２０をバッグの中に入れていたし、上着の内ポケットには、HP200LXがあった。

じゃあ俺もやっぱりビジネスマンか？

そうだ。人は誰だって、ビジネスマンだ。おぎゃあと生まれたその日から、すでに人は誰もがビジネスマンである。

けれど、そんなことはどうでもいい。問題は隣の席の男だ。男は、PC110をやけに楽しそうに操る。それで私は、おやっと思った。この軍用列車で楽しそうにビジネスツールを操ることが、どこか奇妙に思えたからだ。

「こいつの、この冷静さは、いったい何だ？」

そして、むらむらと腹立たしい気分が私を襲う。こいつに戦う意志はあるのか。挙げ句の果てに男は、ウインドウズに附属しているゲーム・ソリティアをやりはじめた。こんなやつを野放しにしていいのか。ビジネス戦線の士気も下がろうというものではないか。

新幹線は三島を通過しようとしていたが、ビジネス戦線に向かう軍用列車は、大量のビジネスマンとコンピュータ雑誌を乗せて、どこまでも果てしなく走るのである。

（96年7月）

インターネットと沈黙

たとえば、知人が家に訪ねてきたときのことだ。仕事の話が一段落つき、コーヒーのおかわりも、もう飽きた。何も話すことがない。それでいやな沈黙が訪れる。

「……きみの生まれはどこだったかなあ」

「……長野です」

「……へえ」

それで話題は終わってしまう。長野である。彼の生まれは長野だった。話題が発展すればいいが、これ以上、何も話すことがない。

いやな沈黙は続く。だが、そのことは、べつに目新しいことでもない。「いやな沈黙の時間」について、かつて私も文章にしたことがあるし、誰にでもよく知られていることだ。だが、コンピュータをめぐって、また新たな、「いやな沈黙」が、人を深刻な気分にさせることを私は最近になって知ったのである。

仕方なしに、「ちょっと、コンピュータでも見るか?」と私は切り出す。仕事場に行き、最近購入したばかりの高速マシンなど自慢したくなるのは人情だ。しかし、マシンを見せ、「どうだ、速いだろう」と話したところで、相手がコンピュータに関心のない人間だとしたらどうだろう。「ああ、そうですか」としか思わないばかりか、速いんだかそうじゃないのか、よくわからないのだ。

そこで、それまで使っていた過去のマシンを立ち上げる。同じソフトを起動からやってみせる。「見ろ、速いだろう」と話すのだが、やはり彼は言うのである。

「ああ、そうですか」

もう何をしたって、そんなことに彼は興味がないのだ。

私は奥の手を出す。コンピュータにそれほど関心のない人間でも、いやおうなく知っているのが、インターネットだ。いまに始まったことではないが、あっちでもこっちでも、インターネットは話題にのぼり、それがどういったことだかわからない者ですら、インターネットという言葉が、コンピュータとセットで知識に侵入している。

「インターネットでも、見るか?」

「ああ、インターネットですか」

「そうだよ、インターネットだよ」

「インターネットはねえ」

ばかのようにその言葉を繰り返し、それでようやく私たちは、暗がりから這い出たような気分になる。沈黙から解放され、目の前がさっと明るくなるが、その明るさも一瞬のことに過ぎない。知人と私の前に、また新たな壁が出現する。

「見るぞ、インターネット」

「見せてください」

「いま、すぐに見るんだからな」

「ええ、いますぐ、見せてください」

だが、よく知られているように、画像が出てくるのはひどく時間がかかるのである。また新たな沈黙が訪れる。その時間、私たちはどうしていればいいのだろう。

「……きみの出身はどこだったかなあ」

「さっき言いましたけど」

「あ、そうか」

しかし、「いやな沈黙」だけならいい。画像は、なぜか徐々に出てくる。あの奇妙な時間をどう過ごせばいいというのだ。

「お、出てきますね」

「ああ、出てくるよ。いまに出てくるよ」

「出るんですね」

ところで、いっこうに出現しないのだった。

「うーん」

と彼はうなりだしてしまう。うなってもしょうがない。画像はうなったところで、いっこうに出現しないのだった。

先日、ある事情でインターネットカフェに行ってしまった。そこでは、あの出てくる時間を待つことがない。専用線を使用している。ものすごく速い。あっというまに出る。それでこそ、人と一緒にインターネットを楽しめるというものだ。だからといって、あの「いやな沈黙」に耐えかね、こんなふうに言うことが許されるだろうか。

「よし、インターネットカフェに行こう」

私にはできない。

（96年8月）

インターネットとバニー

　前項で、家に訪ねてきた友人と、インターネットを一緒に見ることの困難を書いた。つまり、インターネットはものすごく遅いということだ。どこかのページを見ようとしてもなかなかつながらず、つながったかと思えば画像はすぐに出てこない。そのあいだ、私と友人の間に、きまずい空気が流れる。ディスプレイを見つめながら、私たちはいったいどうしていればいいというのだ。その後、私の家ではＩＳＤＮを引いたので、とりあえず問題は解決してしまった。解決してみると、なんだかつまらない気持ちになるから不思議だ。こうなると、いよいよインターネットは素晴らしいと楽天的に喧伝する者らの側に回らなければならないではないか。

　だが、インターネットが生んだ現代の悲劇を私は知っている。

　それを週刊誌なら、「インターネットブームにひそむ落とし穴」とか、「インターネット地獄にはまった女子大生の転落」などと興味本位で表現するかもしれない。知人から教えられた、ある女子大生の話である。

彼女はまだ、十九歳になったばかりの大学生で、大学に入り、一人暮らしをはじめてからすぐに、パソコンを買った。すべてクレジットカードによる決済だ。もちろん、それだけでも女子大生の生活にとっては大きな負担だが、生活を圧迫するほどにはまだ至らなかったし、ごく普通にバイトをしていれば、毎月のローンを払うのに支障はなかった。だが、時代はすでに、ただ、パソコンを使っていればいいわけではなかった。インターネットである。インターネットでなければ、パソコンの意味もなくなってしまうということになっているのだ。

モデムを買い、どこかのプロバイダと契約し、ソフトを手に入れ、いよいよインターネットの準備は整った。その頃、知人の家に彼女から電話があった。

「面白いのよ、インターネット。世界中の情報が手に入るんだから」

まるで新聞の見出しを思わせるような言葉を彼女は口にしたという。女子大生が世界中の情報を手に入れてどうしようというのだ。だいたい、どんな世界中の情報を彼女は手に入れているのだろう。刻々と変化するアジアの政治情勢だろうか。それとも、世界的な牛肉相場の変動だろうか。さらに、「今度、ホームページも作ろうかと思って」と言い、それには、スキャナも欲しいし、デジタルカメラもあればねえと、欲望は果てしないのだった。

それから、しばらくして今度は知人から電話をした。「もしもし」と電話に出てきた彼女の声に精彩がないことに知人はすぐに気がついた。電話の向こうで彼女は言った。

「わたし、バニーやるわ」

バニーである。バニーガールだ。べつにバニーガールがいけないわけではないが、少し前まで、インターネットで世界中の情報を手に入れていた彼女が、いきなりバニーガールをやるとは一体どうしたというのだろう。

「わたし、似合うと思うの、バニー」

その後、スキャナとデジタルカメラをカードで買い、ローンと膨大な電話料金を支払うために、彼女が選んだバイトこそ、バニーだった。

インターネットとバニー。

知人はある意味で、ほっとしたという。もっと金になる仕事がほかにもあったはずだが、せいぜいバニーでとどまってくれたことにほっとしたのだ。それと同時に、「インターネットとバニー」はどこかで響きあっているようにも思った。インターネットで困ったとき、人はいったい、どんなバイトでその困窮をしのげばいいのか。風俗関係のさまざまな仕事をつい思い浮かべてしまう。だが、やはりバニーだ。インターネットはバニーでなければならない。

また、しばらくして、知人は彼女に電話した。何度、電話しても彼女はつかまらなかった。インターネットより、彼女にはバニーのほうが、面白くなったのかもしれない。

（96年9月）

バナナを皮ごと食う者たち

こういうことはコンピュータがあるからできるんだといった話は、しばしば聞く。たとえば、競馬や競艇のオッズがそうで、コンピュータを通じて馬券や舟券の売り上げが瞬時に計算される。だが、そのことからコンピュータの計算能力、データ処理能力に驚くことには、私はあまり興味がない。なぜなら、あたりまえじゃないかコンピュータなんだからとしか言いようがないからだ。考えてもみたまえ。かき氷の機械を見て、次々とかき氷が削られても誰も驚かないだろう。それは、「かき氷の機械なんだから、かき氷ができるのはあたりまえだ」と誰もが感じるからだ。コンピュータは計算する。情報を処理する。あたりまえじゃないか。

興味の中心は、「じゃあ、コンピュータがなかったときは、どうやって計算していたんだ」という一点に向かうだろう。私はその手のギャンブルを詳しく知らないので、過去にオッズがどう表示されていたのか、どう計算されていたのかわからない。計算していたのだろう。売り場を走り回って、馬券、舟券の集計をかき集め、かき集めたそばからそろばんをはじく。そのスピードが競馬場、競艇場の評価に繋がるのだ。

「ちきしょう、また今年も、府中に負けちまった」

大井競馬場のオッズ計算担当者は、そんなふうに悔しがっていたのだ。まして、地方の競馬場に行けばさらに事態は深刻で、走り回って集計するうち、転ぶ者が続出する。計算する前から勝負は決まっていたのだ。

「転ばなきゃな。転ばなきゃ俺たちだって中央に負けやしないよ」

と彼らはつくづく思った。「転ばない人」こそが、計算の上で大きな鍵を握るのだとしたら、誰もが考えるのは、いったい、「転ばない人」とはどのような種類の者たちなのかということだ。

「転ばぬ者」

それは、おそらく、二つの側面から考えるべきものだ。ひとつは、「身体的な領域」の問題であり、もうひとつは、「心の領域」だが、ここで重要なのは、もっぱら後者である。なぜなら、「転びがちな人」にもさまざまな種類があるが、「デブだから」といった場合には、あらためて考えるまでもないのだし、「あんなに安定感のある身体をしていてなぜ転ぶのか」といった内面への問いかけにこそ、考えるに足る課題は潜んでいるからだ。

安定感があるのに転ぶのは、心の奥深くに暗部を抱えているからである。よく知られているように、代表的な、「転ぶきっかけ」は、「バナナの皮」だ。転びがちな人の暗部とは、この、「バナナの皮的なるもの」だ。

「バナナの皮さえ片付けておけば」

競馬場の計算係はそう考えるが、ほんとうにそれで心の問題は処理されるのだろうか。人はつい、「バナナの皮」を床から排除すればそれでいいとしがちだが、「バナナの皮」は次々と、床に落とされる。床に散乱するバナナの皮。そして、転ぶ人の心の奥深い空間に、バナナの皮は、どこまでも果てしなく広がり、転ぶ人は一歩たりとも、前には進むことができない。だとしたら、私はこう提案したいのだ。

「皮ごとバナナを食えばいいじゃないか」

つまり、「転ばぬ者」とは、「皮ごとバナナを食う者」のことである。むしゃむしゃ食うのだ。がむしゃらにバナナを食うのだ。それでようやく、心の暗部に光があたり、彼はそこに、安定して立つことができる。

コンピュータがまだオッズの計算に導入されていなかった時代、バナナを皮ごと食う者たちは、競馬場や競艇場に君臨した。いまはどうしているのだろう。どこへいっても、もう「転ばぬ者」など必要とされていない。なぜなら、コンピュータがあるからだ。そのことを恨むこともなく、転ばぬ者らは、いまもバナナを食べているだろう。彼らはもぐもぐバナナを食う。一日に、三十本はバナナを食う。皮をむかぬまま、ただ、彼らは、無心にバナナを食っているのだ。

（96年10月）

人手が足りない

家の電話回線をＩＳＤＮにしたことはすでに書いた。ＩＳＤＮである。何の略なのか。よくわからないが、なにかいろいろ便利なことになったらしい。たとえば、インターネットのスピードが速くなったといった単純なこともあるのだが、とにかく、「便利になった」ということであれば、その便利を駆使しなければならない気にさせられるから人間とは悲しいものだ。

もともと、私の家には、二台の電話があり、そこにもう一本、ＦＡＸ専用線を引こうと考えていたが、いっそのこと、二つの回線を一気にＩＳＤＮにしてしまえば、ＦＡＸの問題も解決するし、なにより気持ちがいいだろう。もうこうなると、歯の親不知を一気に四本抜いたような気分だ。その気持ちよさ、いさぎよさといったらない。親不知四本抜きなど、やったことはないが、気持ちいいに決まっている。

さて、便利を駆使せずにいられないといえば、まず、インターネットと快適につながるのは当然だが、そこで、パソコン通信、たとえばニフティサーブも同時につなぐことができるとわかれば、やってみたくなるのが、人情じゃないか。DOS/Vマシンで、ニフティサーブにアクセスし、その傍らにあるMacでインターネットとつなぐ。

それがなんになるんだ。

つい、インターネットの画像に見とれていたら、意味もなくニフティとつながっている。電話代ばかりか、ニフティサーブのアクセス料金だってばかにならない。そうかと思うとその逆もあり、ニフティサーブに目をやっていたらインターネットのほうがおろそかになる。だが、私は自分にいい聞かせた。

「これこそが、便利というものだ」

そして、私の便利に対する欲望は果てがなかった。

「電話もかけてみたい」

そうだ。ISDN回線が二本だったら、数本の回線が同時に使えるということになるので、インターネットとつなぎ、ニフティサーブにもアクセスし、おまけに電話をかけるなんて真似は、おちゃのこさいさいだ。私はやった。インターネットで、知人のホームページを見、ニフティサーブで、知人のホームパーティを巡回し、おまけにその知人に電話したのだ。それで私は、あらためて思った。

それがなんになるんだ。

人の欲望に際限はない。ＦＡＸも受けてみたくなるじゃないか。それから、もう一本の電話でも電話したくなるじゃないか。つまりこういうことだ。

「インターネット＋ニフティ＋電話Ａ＋電話Ｂ＋ＦＡＸ」

こうなるともう、聖徳太子である。

だが、人はたいていの場合、聖徳太子にはなれないのであった。忙しくってしょうがない。インターネットもチェックしなくちゃならない。ニフティサーブも書き込むべきだろう。だが、電話Ａの相手にも失礼があってはいけないし、だとしたら、電話Ｂの方に対してどういった態度をとるべきだろう。そこに、ＦＡＸも届くのだ。ＦＡＸが届いたら、もう大変だ。内容に目を通しておかなければならない。

どうすりゃいいんだ、この俺は。

このことからわかるのは、便利にも、限界があるということだろうか。いや、そうではない。便利は便利として、受けとめなければならないとしたら、私が知ることになるのは、次のような言葉である。

「人手が足りない」

やはり、一人では無理だな。まあ無理に決まっているのだが、人が何人もよってたかって作業するなら、便利も、その程度のことになってしまう。私はそこで、ある格言を思い出していた。

「三人寄れば、文殊の知恵」

いや、そのことには何の意味もない。そんなことを思い出していったい、なんになるというのだ。いや、それでもいい。便利なものは、とにかく、便利なのである。

（96年11月）

底知れぬ欲望の構造

コンピュータ文化というものが仮にあるとしたら、表面の華やかさの裏に潜むのは、どろどろした欲望の構造である。簡単に表現すれば、どうにも欲しくなっちゃってたまらないという、例のあれだ。

先日、デジタルカメラを持っている知人が、私が演出している舞台の稽古場に来た。稽古中の私たちを記録していたが、それでわかったのは、デジタルカメラがやたらに面白いということだ。すぐに欲しくなってしまった。買いたい。欲しい。欲しいだけではなく、手に入れたら手当たり次第に写したいと思った。こうなったら、何でも写そう。風景や人物ばかりではない。犬や猫だけではない。手当たり次第だ。工事現場の足場も写したい。あらゆる種類の自動販売機もいい。だったら、電信柱を写さないわけにはいかないし、路上の石、壁のしみ、わけのわからない貼り紙、おやじの頭、猿、オオアリクイ、ドロタ棒、ドンピャラ、ベロベロオオハコマリアグネイって、何だかわからないが、とにかく、写すものは無数にあるのだ。

考えていたら、いよいよデジタルカメラが欲しくなってきた。

だが私ももう大人だ。人の持っているものを見て、猿のようにすぐ欲しくなるようではだめなのではないか。ところが知人は、これまでにも、次々とデジタルなものを見せつけ、私の欲望を駆りたててきた。

たとえば、ヒューレット・パッカードの200LXがそうだった。

ごくごく小型でありながら、これがコンピュータだと知人が言えば、もうだめだ。デザインもいい。軽いのがなおいい。さらに、内蔵されている住所録を見せられたら、いよいよいけない。かっこいいからだ。当時の私が持っていたのは、小さな手帳型の住所録で、もちろん手書きで記入する。それに比べると、なんという洗練されたスタイルであることか。あと、よくわからないが、いろいろ便利であるらしい。いいな。欲しいな。持っていたら、なんだか仕事をばりばりやりそうだな。そう思いはじめたらもうだめである。すぐに、秋葉原に行って買ってしまった。

デジタルカメラも買ってしまうのだろうか。いまは死ぬほど忙しいので買いに行く暇もないが、買いたい気持ちでうずうずしているのだった。

だが、知人が次に私に見せたのは、どうにも奇妙な、デジタルな一品であった。

プリクラである。

いま町で話題の例のあれだ。女子高生ならいざしらず、大人がプリクラはまずいのではないか。デジタルカメラで撮影した画像をすぐその場でシールにしてくれるというやつだが、いったい大人が、シールになった写真をどうしろというのだ。女子高生と交換するのか。ノートに貼るのか。手帳とかに、自分のプリクラや、女子高生と交換したプリクラを貼っている課長がいたら、部下たちはどういう気持ちで仕事をしたらいいのだろう。ばかも休み休み言え。冷静に考えれば、そんなことはすぐに気が付くはずだ。ところが、欲望の構造には、見境がない。判断力が麻痺している。判断力とか、そういったレベルの問題ではないような気さえするのだ。

欲しいと思った。

なぜなんだ。そして、知人と顔写真のシールを交換してしまうのだろうか。そんなことをしていたら、おそらくばかである。

今後、知人が私の前に何を持って来るのかと考えはじめたら、恐ろしい気さえするのだった。

いったい次は、何が来るのだろう。たとえば、デジタルな健康器具あたりがあやしい。肩こりや腰痛に効くと言われれば、もうそれだけでぐらっとくる。さらにデジタルなものと囁かれたらどうにもだめだ。欲しくなるにきまってるじゃないか。デザインがよかったらかなりまずい。しかもアップル社製の Think different な健康器具である。欲望をくすぐることこの上ない。
欲望の構造は複雑だ。そして、愚かでもある。

（96年12月）

サンプル画像の人

以前も書いたことだが、デジタルカメラが欲しい。

そう思いたったとたん、デジタルカメラの周辺がにぎやかに感じるのは、私が単に、それに意識的になったということだろうか。雑誌で特集が組まれたかと思えば、新聞に大きく広告が出る。ましてショップに行けば、ほかの商品を押しやって、各社の製品がこれみよがしに並べられているのだ。とはいっても、私はなんでもいいから飛び付くほど子供ではないので、買うと決めたら慎重である。手頃な価格になったといわれているが、だからってすぐに買い替えるようなものでもない。ここはひとつ最良のものを選択したいと思った。

幾つかの資料をあたることにした。

資料といっても、その大半は雑誌の記事だが、気になるのは、デジタルカメラの記事といえば、それぞれの機種で同じ対象を撮影し、その比較をする形式のものが多いことだ。まあ、スペックや価格やらを並べただけでは、なにを基準にすればいいのか素人にはよくわからないのもたしかだ。

「三五万画素」

そんなふうに書かれていても、「ああ、そうですか」としか言いようがないじゃないか。「画素」とはなんだ。これは、「ガソ」と読めばいいのだろうか。「ゲソ」は烏賊だが、「ガソ」のことはよくわからない。それでつい人は、デザインやメーカーのイメージで選びがちだが、それもこころもとないとなると、サンプル画像は大きな手掛かりになるのだろう。あれこれ考えているうちに、正直なところ、どうしたらいいのか、いよいよわからなくなっていた。

そして、資料に目を通しているうちに、あるひとつの問題がそこから浮上して来るのを私は感じたのだ。

デジタルカメラのことなど、もうどうでもよくなっていた。いったい、これはなんだろう。いま考えなくてはならないのは、デジタルカメラのよし悪しなどではない。

なによりも、「サンプル画像」そのものである。

そこに写されているのはいったいなんだ。サンプルだからって、何を写してもいいわけではあるまい。たとえば、『ASCII DOS／V ISSUE』九月号の「デジタルカメラ活用120％」はどうだ。なんとなく見逃してしまいそうだが、でたらめなサンプル画像満載でいるんだ。コカコーラの運搬車の前に立っている女である。一五五ページの女はどうなっている。

「コカコーラの運搬車の前で妙なポーズをとる女」

いくらサンプルだからって、このポーズはないじゃないか。何を意味しているのかわからない。だが、この人はまだいいほうである。ポーズをとるぶん、やる気を感じるからだ。『DOS／V POWER REPORT』誌の七月号、三二ページの女はすごい。

「不機嫌そうな顔でこっちを見ている女」

なにかいやなことでもあったのか。そんなに不機嫌な顔をするくらいならやめればいいじゃないか。だが、まだ人だからいいのかもしれない。『MAC POWER』誌の七月号はそうではなかった。

「仰ぎ見る、東京都庁舎」

まあ、これはこれでいいけど、もう少し工夫があってもいいじゃないか。「仰ぎ見る、黒柳徹子」とか、「仰ぎ見る、牛乳瓶」、あと「仰ぎ見る、天気予報官」とか。こうなったら仰ぎ見さえすればなんでもいい。

しかし、サンプルがなんなのかわかるのなら、まだいいのかもしれない。デジタルカメラではないが、カラープリンタの比較が、『ASCII DOS／V ISSUE』一二月号に掲載されている。その一七四ページだ。

「よくわからない絵」

ほんとうにわからないのだ。赤いのが下からわさわさしていて、上からは、金色のものがじゃらじゃらしている。で、全体に派手な感じ。説明もうまくできない。なんだろう。考えはじめると、もういけない。カメラのことなどどうでもよくなってしまうのだ。サンプル画像は気をつけたほうがいい。なんでもいいと思ったら大間違いだ。

（97年2月）

煙草と猫と父の顔

コンピュータに煙草の煙はどのような影響を与えるのだろう。栄養になる。

断言してもいいが、絶対、そんなことはないだろう。煙草の火をコンピュータの本体に押し付け焼け跡を残すとか、そういった、よくわからない行為の話ではなく、煙草をほぐし、葉っぱをCPUの周辺に撒くとか、そういった無意味に悪いことをするのでもない。煙だ。もっぱら煙の話だ。煙草の煙がどんなふうにコンピュータに悪いのかわからないが、とにかく悪いに決まっているのだ。だが、私は煙草を吸いつづける。原稿を書くときなど、特に顕著で、まあ、数分おきに吸っているといっても過言ではない。

「せきこみ太郎」

いきなり、何を書いているのかと思うだろうが、いま、不意に思いついたコンピュータソフトの名前だ。ハードにも多少、手を加えなければならないが、煙草の煙がある量を越えると、それを察知したコンピュータがせきこむのである。ごほんごほん、音をたててせきこむ。このソフトには、二つの利点があるのではないかと、私は予想する。

第一に、コンピュータに悪い量の煙が部屋に充満しているのをユーザーに知らせる。第二に、喫煙者の健康もコンピュータが管理してくれる。

でも、いやだなあ、そんなソフトを導入したら。うるさくってかなわないじゃないか。咳にもさまざまな種類があるだろう。「軽い咳」「重い咳」「ほんとうに苦しそうな咳」「今にも死にそうな咳」

いやだなあ。さらに、コンピュータが突然、「かー、ぺっ」などと、痰を吐きでもしたらどうしたらいいのだ。気持ち悪いじゃないか。このソフトには、喫煙者シミュレーションの側面もあり、徐々に煙草によって健康がむしばまれてゆく姿がグラフィックで表示される。ある日、突然、肺癌にでもなられたらどうだ。恐ろしくてたまらないのだ。

いやだいやだ。

だが、今回、私が書きたいのは、煙草の煙とコンピュータの関係のことではない。もちろん、書きながら思いついた、「せきこみ太郎」のことなんかではない。たしかに、「煙草の煙」はコンピュータに悪いだろう。「ほこり」もいけないかもしれない。「水」とか、「静電気」とかいろいろだが、そんなものは取るに足らないものだ。本当に、コンピュータにとっていけないものとはなにか。

それは、「猫のゲロ」である。

そんなふうに書いたところで、読者の大半が、「ばかなことを言うな」と笑うだろう。あるいは、私が冗談でこんなことを書いていると思うかもしれない。そりゃあ、たしかに半分は冗談だが、半分は本気である。笑っている人々に私は言いたいのだ。

「一度でもいい、キーボードの上に、猫にゲロを吐かれてみろ」

いやだろう。どうしていいか、もう、途方にくれてしまうはずだ。まず、誰もが考えるのは、キーボードを逆さにしてゲロを落とすことだ。それで、大半は片付くが、迂闊に逆さにしてはいけない。逆さにする場所を考えなくてはいけないのである。もし、それがとんでもない場所だったらどうか。

父親の顔の上。

まさか、そんなことをするやつはいないと思うだろうが、猫のゲロには、そうして、人に思わぬことをさせてしまう力がある。まあ、そこは慎重に対処し、無事、逆さにしてそれをごみ箱に捨てたとしよう。だが、キーボードがそれできれいになるわけではない。まだ、かなり痕跡がある。しかし、きれいにしようとしても、キーボードの形状は複雑である。

うまく片付かない。

いったい、このキーボードってやつはどうなってるんだ。少しは、猫にゲロを吐かれたときのことを考えて作ったらどうなんだ。

おそろしい。まったく、猫のゲロはおそろしい。煙草の煙などそれほど深刻なものではないのである。

（97年3月）

こうした事態に対してジャイアンは

先日、テレビをつけるとあるサスペンスドラマの放映中だった。その手のドラマを見ることはまずないが、つい見てしまったのは、そこでもインターネットが小道具として使われていたからだ。そのことから、私が感じたのは、「インターネット」が、ごくあたりまえのように、家庭のテレビに登場する、広がりといったことではもちろんなかった。

「やっぱりインターネットですね」
「ああ、インターネットだ」
「トリックにはインターネットですか」
「いまはな」
「ええ、いまはそうですよ」

スタッフたちによる、そういった種類の会話が画面の背後から聞こえるかに感じたのだった。それを頭から非難する気持ちは別にない。そんなことはどうでもいいのだ。ただ考えたのは、これまでにも、さまざまな新しい、「もの」や、「こと」、そして、「スタイル」が出てくるたびに、それはいまのような会話とともに、あらゆる場所で利用され、消費されていたのだろうということだ。

たとえば、「フラフープ」という遊びの道具がかつて存在した。チューブを円形にし、腰のあたりでくるくる回転させる道具だが、いまとなっては、あれが大ブームだったと考えると、奇妙な感じさえする。なぜなら、腰をふらふらさせる動きは、どうにも恥ずかしいからだ。

日本のあらゆる場所で、腰をくねくねする連中が出現した。あたりまえのように当時の人々はそれを受けとめていたのだから、いったいどういう時代だったのか。そして、ブームに便乗しようとした者らは、やはり次のような会話を交わしていたにちがいない。

「フラフープだな」

「ええ、いまはフラフープですよ」

「こう、腰を回転させてね」

「回転しながら被害者は死んだ。現場に残されていたのは、フラフープだったと」

「ああ、いまはフラフープだよ」

構造は何も変わらない。こうなると、あらゆる、「新しいもの」は利用される運命にある。たとえば、「電子レンジ」の登場は衝撃的だった。火も使わずに温める。サスペンスドラマが見逃すはずがないじゃないか。

「電子レンジのなかに、頭を突っ込んだまま、死んでいる被害者」

当時としてはそれが新しかったのだ。だったら、「ぶらさがり健康器」はどうか。

「ぶらさがったまま死んでいる被害者」

紅茶きのこはどうか。ダッコちゃんはどうなのか。ウォークマンはどうだったんだ。そして、インターネットである。デジタルな文化たちである。

子供向けのコンピュータ雑誌を手にして驚いたのは、『ドラえもん』の、のび太さえもがコンピュータに夢中になっていることだった。そのタイトルがすごい。

『のび太のインターネット入門』

いきなり、のび太がお約束のように言う。

「ドラえもーん。ぼくもパソコンが上手に使えるようにしてよー」

もし、フラフープの時代に、のび太が生きていたら、やはり、こう言ったのだろう。

「ドラえもーん。ぼくもフラフープが上手にできるようにしてよー」

ま、それはいい。だが、のび太の次の発言はいささか問題だ。教えて欲しいとせがむのび太に対してドラえもんは、あまり乗り気ではない。のび太は言うのである。

「大丈夫さ、スネ夫でもできたんだから！」

スネ夫ができたから大丈夫らしいが、その根拠はいったいなんだ。それもちょっと問題だが、スネ夫さえコンピュータを扱うとしたら、当然しずかちゃんも使っているのだろう。

だとしたら、こうした事態に対してジャイアンはどう考えているのか。

ジャイアンは、あのでかい身体でコンピュータを使うのだろうか。もし使ったとしたらインターネットで何を見るのだろう。

そのことが気になって仕方がないのだ。

（97年4月）

16倍

雑誌の広告だったか、新製品情報だったか、CD-ROMのスピードがたいへんな勢いで上昇しているのを知った。16倍速である。なにしろ、16倍だ。速いのに決まっているが、そんなに高速にして、大丈夫なのかと不安にもなる。目が回るやつもいるにちがいないし、そもそもコンピュータの内部でそんなに速く回っているやつがいるかと思うと怖くてしょうがない。以前もべつの場所に書いたことだが、いまやスピードが問題とされているのはこの業界だけである。かつてこの国では、新幹線が三時間半で東京と大阪を結ぶといえば、そんなつまらないことで誰もが浮かれたものだ。新幹線音頭なんてくだらないものが作られたはずだ。新幹線饅頭もあったかもしれない。饅頭を食べてみんなが踊ったのだ。いまでは喜ぶ者もいない。不景気だ。円は下がり、株価は下落する。官僚はどいつもこいつもろくでなしで、日本海の重油は深刻だ。浮かれるほうがどうかしている。

で、まあ、それはそれとして。

私が「16倍速のCD-ROM」について感じるのはまた異なる問題だ。16倍速を何に生かせばいいのかといったことでもない。気になっているのは、ただ一点だ。

「なんの16倍だ」

わからない。この道のプロや、いわゆるヘビーなユーザーといった人ならごくあたりまえのことかもしれないが、私にはわからない。それに関して、新製品情報も広告も何も教えてくれない。16倍である。16倍といったら、それはもうあなた、途方もない数字ではないか。たとえば、友人から突然、こんな電話が掛かってきたらどうだろう。

「山田が16倍になったよ」

びっくりするような事態である。16倍になったというそれが、何をさしているかわからないが、とりあえず私は、身長のことを考えるだろう。山田の身長が仮に一七〇センチだったとしたら、その16倍だから二七メートル二〇センチだ。バケモノである。

そんなはずはないと考えずにはいられないが、同様に、体重だったとしても恐ろしい。ごく標準的な六〇キロ程度の人間だとしても大変である。

九六〇キロ。

だが、足のサイズや、頭の大きさにしたって、16倍はものすごい数字になるし、では、給料が16倍だとしたらどうか。考えられないことではないものの、それにしたってすごい数字になる。ためしに自分の収入を16倍してみればいい。何もしていないとわかっていながら16倍にした収入を前にすると、自分が悪いことに手を出しているのではないかと心配になるから不思議だ。

それからほどなく、今度は、当の山田から電話がかかってくるのだ。

「いま駅です。これからそちらに行きます」

恐ろしいことを山田は口にした。私は電話を切る。そして家の者に言うだろう。

「おい、16倍の山田が来るよ」

とにかく、16倍は恐ろしいという話だ。

推測するに、最初に作られたCD-ROMのスピードを1と考え、それを基準に、4倍速、6倍速と表記されてきたのではないか。すると今度は、最初の1がわからない。

その1は、なんの1だ。

最初のCD-ROMより性能が高くなり、そのスピードが4倍だったから、「4倍速CD-ROM」と名付け、それがさらに、6倍になったから、「6倍速CD-ROM」と名付けた、って、そんなあやふやなことで大人が納得すると思ったら大間違いだ。なんだかこれでは、子供の言い草ではないか。あるいは、定食屋と考えてもいいかもしれない。

「大盛り、普通盛り、半ライス」の世界だ。

ためしに、手元にあるコンピュータ用語辞典で調べてみたが、CD-ROMの項にスピードに関しての記述はなにもなかった。最初の1はなんだろう。たまたま生まれた速度なのだろうか。だとしたら、それはそれで面白いが。（97年5月）

音響用のCD-ROMの速度を1とし、それを基準にした数字だと私が知ったのは、さらに先の話である。

携帯電話の問題

最近、携帯電話のエチケットがよく取り沙汰される。新幹線だったら、迷惑だということでデッキで使用するよう注意されるが、あれはどういうことだろう。たしかに携帯電話の人はやけに大きな声になってしまい、それが迷惑だと感じる者もいるだろう。だが、「やけに大きな声の人」は、なにも、携帯電話使用者に限らないのではないか。

「ガマの油売り」やはり、大きな声でなければだめだろう。小声でぼそぼそやっていたんでは、売れるものも売れなくなる。だが、新幹線の車内アナウンスで、「ガマの油売りの方は他のお客様のご迷惑になりますので、デッキでおねがいします」というものが流されることは希である。希というか、まずないといっていい。なぜなら、「ガマの油売り」は、声の大きさより何より、新幹線のなかでそんなことをすること自体が、問題だからだ。

ところが、「日本食堂」とか、「都ホテル」といったＪＲに認可されている、「物売り」もいないわけではない。あの声は許される。「物売りの方は他のお客様のご迷惑になります」と指摘されることもない。あれが迷惑だと感じる乗客はいないのだろうか。

ここにひとつの、「新幹線車内声の大きな人問題」の一端がある。

さらに、新幹線のなかで声の大きな人には、次のような者らも考えられる。

「応援団」

車内で応援するのである。しかも、「応援団」は、「ＪＲに認可されていない物売り」とちがって違法ではない。応援するのは、むしろいいことだ。新幹線のなかで応援団が応援する。

「フレー、フレー、丸山商事、フレフレ丸山商事、フレフレ丸山商事」

といった具合に、そのことでビジネスマンたちが、どれだけ勇気づけられることか。これから大事な取り引きがあるときなど、「俺はやるぞ、とことん交渉してやるからな」と、ビジネスマンがその気になる。こうして日本の経済が活気づくのである。

だが、新幹線の車内アナウンスでは、携帯電話利用者に関する注意はあっても、「応援団」に対するそれは、まずない。

なぜなんだ。

数の問題だと思う。

携帯電話利用者は年々、増加しているが、「新幹線車内応援団」の数は、まだわずかだ。ことによると、いないのかもしれないので、アナウンスするほうも、いない者に対して注意を促すのも、なんだかばかばかしい気持ちになるのだろう。

だったら、「仲間とトランプをやって、ある瞬間、異様に大きな声を出してしまいがちな人」はどうなのか。

そういう人は確実に存在する。突然、声が大きくなるのだ。

「あー！　やっちまったー！」

といったような言葉を叫ぶのである。なかには、「どっひゃー！」などと言う者もいるが、「言葉」の種類はここでは問題ではない。もっぱら声の大きさが問題だ。ああいった連中をほっておいていいものなのか。むしろ、携帯電話の利用者より、迷惑になっていないだろうか。さらに、次のような種類の人間についてはどうなのか。

「ただ声の大きな人」

たんに声の大きい人は絶対にいる。異常に声の大きい人がいる。あれはどうなんだ。携帯電話にはなにかがある。

そうでなければ、ことさら携帯電話のマナーが取り沙汰されることがどうにも奇妙だ。そこでつい考えがちなのは、携帯電話に対する、一種のアレルギーとでもいうべき、感情の問題で、それはもっぱら携帯電話を手にしている者に対しての敵対心だろう。

だが、そうではない。

あれは、単に、ひとりで大きな声を出している人の姿を無気味に感じているからだ。それを異形の者として彼らは恐れる。異形の者らを恐れるように。だからその恐怖とは、いわば凡庸を意味する。

（97年6月）

微妙なすきまができている

デジタルカメラの使い方のひとつで知人から教えられたのは、たとえばコンピュータを分解したとき、その手順を記録しておくということだった。たしかにこれはいい。分解したのはいいが、ほんとうに、何がなんだか分からなくなるときがあるからだ。フロッピーディスクドライブをはずし、元に戻そうとしたら、どの線をどこに差し込むのかもうわからない。ためしに差してみて、動くかどうか、確認し、動けばそれでいいし、動かなければべつの線に差し換えればいい。繰り返しやるのは面倒だ。こういうときこそ、デジタルカメラである。液晶のモニタの付いた機種なら、見ながら元に戻せばいい。簡単だ。だが、そんなことはどうでもいいことなのではないか。問題はほかにある。分解において、真の問題とはそんなことではない。ではいったいなんだ。微妙なすきまができる。

すべて手順通りに元に戻した。ケースをカチッとはめた。ネジもきちんと止めた。間違いないはずなのに、ケースに微妙なすきまができるのだった。ほんとうに微妙である。しかも、それくらいの、すきま、できたところでどうってことないが、やけに気になるのだ。まあ、機種によって、ケースのはめ方はそれぞれ異なると思うが、私のあまり多くはない経験で書けば、Ｍａｃがどうもいけない。それは７１００／６６という、もう古くなってしまった機種だが、外装とも呼ぶべきケースを、ずるずると手前に引けば、ロジックボードだの、電源のボックスだの、ＣＤ-ＲＯＭドライブだのが出現し、それらが載った、いわば内部構造を支えるもうひとつのケースと分離される。元に戻すのはその逆をすればいい。なにも難しいことはない。外装ケースを前から差す。はじめが肝心だ。はじめに差し込むのが少しでもずれるとうまくゆかない。慎重に入れる。それから、向こうに押す。ずるずるとケースは収まってゆく。ケースがかちっとはまった。ネジもきちんと止めた。何も問題はないはずだ。だが、よく見ると、微妙なすきまはできている。

わからない。

よくわからないのだ。この微妙なすきまがわからない。これでコンピュータを使うのに支障があるかというと、べつにどことといって問題はなく、ほっとけばそれですむが、気になりだしたらもういけない。もう一度、はじめからやってみる。ケースを外す。あらためて前から差す。慎重に入れる。向こうに押す。ずるずる収まってゆく。かちっとはまった。ネジも止めた。

微妙なすきまができている。

どういうことなんだ。俺がなにか間違ったことをしているとでもいうのか。こうなったら、もう一度、やってやろうじゃないか。ケースを外す。あらためて前から差す。慎重に入れる。向こうに押す。ずるずる収まってゆく。かちっとはまった。ネジも止めた。

微妙なすきまができている。

もう一度だ。ケースを外す。あらためて差す。入れる。押す。ずるずる。かちっ。ネジ。微妙なすきまができている。何度やっても同じだ。外す。差す。入れる。押す。ずるずる。かちっ。ネジ。

微妙なすきまができている。

これはきっと不可能にちがいない。誰がやったところで、「微妙なすきま」は発生するだろう。だとしたら、最初はなぜ、微妙なすきまもなく、きちんと収まっていたのだろう。それで私は知るのだ。

「微妙なすきまのプロ」

そういった種類の特殊な人々がいるのにちがいない。彼らはものの見事に収める。きちんと収める。寸分のすきまもなく、それを収めるのである。プロにはかなわない、と私は思った。そうだ、私のような素人にはなにも収めることはできないのだ。人生もまたそうである。世界もまたそうである。外す。差す。入れる。押す。ずるずる。かちっ。ネジ。微妙なすきまができている。

（97年7月）

さらに大人は切り換える

家庭内LANというのか、うちの二台のコンピュータをEthernetでつないでからというもの、私が以前から持っていた、「切り換え欲」が満たされなくなってしまった。あるいは、ISDNの導入もそうで、二台のマシンに一本ずつ回線をつないでも大丈夫になったので、モデムの切り換えも意味がない。切り換え器が必要ではないのだ。さみしい話じゃないか。何かを切り換えたい。切り換えたくてしょうがない。切り換えることで、以前、ここに書いたことだが、「大人の気分」を味わいたいのだ。

切り換えは大人である。

大人はすごいからな。さっきまでまじめな話をしていたかと思えば、すぐにどうしようもない下ネタに切り換わる。芸者を侍らせながら相撲観戦しその傍ら携帯電話を持ち込んで取引する。すごいよ、大人。ああ、私のコンピュータ環境も、もっと大人になりたいものだ。そんな折、人から教えられて、うちのMａcとDOS／V、どちらでも一台のキーボードで操作できるという、夢のような商品があることを教えられた。マウスさえひとつでいいというのだ。これさえあれば、机の上がこのうえなく快適に使えるのはもちろんだが、私の心の暗部にひそむ、「切り換え欲」をも満足させてくれる。ほんとうに夢のようだ。やはり、夢は実現する。

ナナオの「i-Switch S1」である。

だが、これを書いている六月末の時点で、どこに問い合わせてみても商品が品切れだ。夢のような商品は、さすがに、誰もが抱く夢だったから、その人気もすさまじいとおぼしい。どこに行けば買えるんだ。秋葉原にも足を運んだ。大きな店から、小さな店まで、くまなく調査し、店員に訊ねてもみたが、どこに行っても、「いま、切らしてましてね え、メーカーもいま、製造中らしいんですよ」とあたかも用意された回答のように言葉が繰り返される。私は想像した。製造中の工場だ。この暑さの中、工員たちは、全国で待っている「切り換えたい者」らのために夜を徹して作業を続ける。額には汗。罵声が飛び、駆け出す者がいて、まるで戦場のようだが、次々と製品は完成してゆく。いったい、いつになったら店頭に並ぶというんだ。早くしてくれよ、このやろう。

切り換えたいんだ。切り換えたくて切り換えたくてしょうがないんだ。

それはそうと、私はつい先日、Technics のターンテーブル、SL-1200MK3を買ってしまった。もともと、同じ Technics のターンテーブル、SL-1200MK2

を所有していたので、都合、二台になったわけで、二台を仕事部屋に持ち込み、パソコンのCD-ROMから音楽CDを流し、MDから音を出し、ターンテーブルでアナログ盤を回しといろいろすることにするなら、そこに登場するのが、そう、Vestaxのミキサーだ。これで次々に音が出る。しかも、必要もないのに入力系統が九つあるものを買ってしまったのだった。いったいそんなものを仕事部屋に持ち込んで何をするつもりなんだ。

「俺は、きょうからDJだ」

よくわからないことをつぶやきながら、ターンテーブルにアナログ盤を載せる。かと思えば、コンピュータからCDを流す。あっちの音を出したり、こっちの音を出したり。

これは、もうあなた、まぎれもない、「切り換え器」である。

あの、「切り換え欲」を満たす、やはり夢のような商品だ。それぞれの音源から出てくる音を、出したり、引っ込めたり、ミックスしたりで忙しくてしょうがない。

こうなると、大人もいろいろ苦労が多くなるのだ。

だが、それくらいでは、まだ私の、「切り換え欲」はおさまらない。もっと、なにか切り換えるものはないだろうか。冷蔵庫はどうだ。なにをどう切り換えるのかよくわからないが、うまく切り換えられれば、冷蔵庫も、あれはあれで悪くない。

（97年9月）

V

読書する犬

年齢

『ライ麦畑でつかまえて』

思うところがあってと書くと、何か意味ありげだが、それほどのことはたいしてなく、ただ、三軒茶屋に新しくできる劇場で来年（97年）の六月に公演があり、作品の資料のひとつとして、J・D・サリンジャーの『ライ麦畑でつかまえて』を二十年ぶりくらいに再読した。読みながら、これほど読んでいるのを知られるのがいやな小説もなかった。

それは年齢のせいなのだろうか。

もし読んでいるのを知られたら、どんな態度をとればいいのかわからない。「おまえ、それは、もしかすると、あるアイドルタレントがラジオで面白いと発言したのをきっかけに、やけに売れたことで一頃、話題になった、いわくつきの、例の、あの小説じゃないのか」と指摘されたらどうしたらいいのか。それだけならまだいい。「おまえ、若いな、へえ、読むのか、読むんだな、つまりは、永遠のライ麦畑ってやつだものな、ふふふふ……」といやな笑い方をされたらいよいよ窮地に追いやられる。

やはり読むのにふさわしい時間があるのだろう。だが、そんなことで読むことを放棄してはいけない。あえて読んでやろう。あえて、「ただ読む」のだ。それがどういう状態かよくわからない。とにかく読む。こうなったら、ただただ、読むのである。そうする以外に手はないじゃないか。

作品に対するこれまでの評価に、私がつけ加えるべきものはなにもない。

「ただ読みました」

残されたのはそれだけだ。それはやはり、年齢のせいなのかもしれない。これで正直に感想を書こうものなら、読むのを知られるよりずっと恥ずかしい気持ちになる。『ライ麦畑でつかまえて』はそうした存在だ。

よく知られているように、主人公の名前は、ホールデン・コールフィールドだ。

「そのときは十六だったんだけどね。今は十七さ。それでいて、ときどき十三ぐらいなことをやっちゃうんだな」

十七歳の少年が、十六歳のときのことを書いている。自分でもわかっているのは、まだ幼さが抜けきれないということで、自分は十三歳ぐらいのことをしてしまうと自嘲気味に語る。ここで私は不思議な気持ちになった。十三歳ぐらいのことをしてしまうと書いたところで、たかだか三年前のことだ。

「俺、今年、四十になるけれどね、ついつい、三十七ぐらいのことを、しちまうんだそんなふうに言う人はあまりいないのではないか。だいたい、「三十七ぐらいのこと」とはどんなことなのか。

「ぎっくり腰をやってしまった」

そんなわけはないと思う。

「気がついたら、どんぶり五杯、栗ごはんを食べていた」

おそらく、「三十七ぐらいのこと」など存在しないにちがいない。だが十六歳の少年にとって、「三年」はかなり大きな時間になる。べつのところでホールデンは、娼婦に対して年齢をごまかしてもいる。年齢を質問されて、二十二歳だと答えた。「三歳」がかなり重大だったのだから、この「六歳」はたいへんな数字だ。

「うそばっかし」

娼婦はホールデンを軽くあしらう。逆にホールデンが娼婦の年齢を質問するが、娼婦はさらっと切り抜けてみせる。

「あんたのうそが見抜けない年じゃないわ」

なんにせよ、ホールデンの、「年齢」に対するこだわりはかなりのものだ。白血病で死んだアリーという名の弟は、「僕より二つ下だったんだが、頭は僕の五十倍ほどもいい」と書かれ、フィービーという自慢の妹は、まだ十歳。あるいはカール・ルースという友だちについては、「僕より三つばかし年上で、僕はあんまり好きじゃなかったんだが、とても頭のいい男だった」と表現される。

この年齢は何を意味するのかと書けば、どうも感想めくが、もちろん私が、はじめに意図的に書いた年齢に対する感覚と、ホールデンの感覚は異なる種類のものだろう。子供のころ、歴史の本を読んでいつも奇妙に思っていたのは、たとえば、「武田信玄、五年のあいだ、兵を引いて待つ」と仮にあったとして、この五年が膨大な時間に感じたことだ。いったい五年のあいだ、兵たちは何をしていたのだ。想像もできないではないか。子供にとっての五年はたいへんな時間である。おそらく、ホールデンがこだわる年齢とは、ただ字義通りの、「年齢」ではない。「年齢」を通して彼が表現しようとしているものの、そこにあるのは、もっとべつのものだ。

いかんなあ、どうも感想めいてしまう。

私は「ただ、読んでいた」のだ。ただ読んでいたら、ホールデンがこだわる年齢が気になっただけだ。それは結局、ホールデンの言葉に、うまく、つかまえられてしまったということでもあるが。

こんなときじゃなけりゃ読めない

『言語にとって美とはなにか』
『精神科の待合室』

もう数年ほど過去のことになるが、知人から、『マイケル・パリンの八十日間世界一周』というビデオを渡された。マイケル・パリンとは、モンティ・パイソンのメンバーの一人だ。じゃあモンティ・パイソンとは何かと説明を始めたら長々とそのことについて書きたくなるし、やっかいなことになるので省略するが、メンバーの中で一番、私が好きだった俳優だ。やはりメンバーの一人だったテリー・ギリアムが監督した映画作品、『未来世紀ブラジル』にも出演していた。ビデオはマイケル・パリンの世界一周の旅を記録したドキュメンタリーだった。イギリスのBBCで放送されたらしい。まずは、旅の準備からはじまる。

「あれも必要だ。あれも、それからあれも」と次々とバッグにものを詰めてゆくのだが、「そんなもの必要なの」と、奥さんとおぼしき女性が忠告する。そのひとつに、分厚い本があった。

『フィネガンズ・ウェイク』

もちろん、ジョイスの有名な作品だ。しかし、記憶が曖昧で、ビデオを見て確認すればいいが、あいにくそれもどこにあったかわからなくなっているし、もしかしたら、『失われた時を求めて』だったかもしれず、とにかく、そうした作品だった。やはり、怪訝そうにそれを見る妻に向かってマイケル・パリンは答えた。

「こんなときじゃなけりゃ読めないからね」

それで、その分厚い書物をバッグに詰め込む。たいへんに共感したのだが、同時に考えたのは、「こんなときじゃなけりゃ読めない」の、「こんなとき」といった、「読む」ことへの感覚は、読書にとって普遍的なものかもしれないということだ。私もそういった経験があるし、なにしろ、イギリス人がそう口にしている。あるいは、都市的な感覚なのだろうか。つまり、「都市から一時的に離れる」ことから発生するものかもしれない。いずれにしても、「こんなとき」は読書家の憧れである。「こんなとき」を作るために、読書家は、「こんなときではない」ときの読書を、それはそれなりに楽しむ。そして、来るべき、「こんなとき」のために、いま読むことのできない本を前にため息をつくのだ。

「いまは読めないさ、いまは読めないけど、『こんなとき』さえ来ればなあ、『こんなとき』さえ来れば、きっと読めるのになあ」

十年近く以前のこと、私は、「こんなとき」を作った。ある外国で半年ほどなにもしないまま、過ごした時間のことだ。私もまた、出発前の準備で、バッグに本を入れたのだが、南半球だけで三十数カ国を旅した、「旅の師匠」が私にはおり、師匠から、できるだけ荷物は軽くするように忠告されていた。だが、「こんなとき」だからこそ読みたい本は無数にあった。いったい、何をバッグに詰めればいいんだ。悩みつつ、けれどそれもまた、楽しみになる。

「あれも読みたい。これも読みたい」

つぶやきつつ、本屋を物色し、とりあえず手当たり次第に買って帰ると、それを床に並べた。こういうとき、ハードカバーの本は不利である。やはり文庫本であろう。最初に判断されるべき基準は、やはり重量である。文庫本だけ選んでそれを並べ、しばらくじっとながめていた。直感というのか、何かうまく説明のできない、「ある種」の感情が出現するのを待っていたのだ。いわば、霊的なそれは、十数分後に私に降りてきた。いやべつに棚から何かが落ちてきたのではない。いわば私を引きつける書物の魔力である。

「これだ、これしかない」

それで私が選んだのは、二つの書物だ。

『言語にとって美とはなにか』

吉本隆明の著作である。まあ、それはいいとして、もう一冊がどうにも不可解なものだった。

『精神科の待合室』

いや、べつに悪いとかそういうことじゃなくて、なにしろ、「待合室」だけに、なんというか、拍子抜けがしたとでもいうか、そういった曖昧な感覚にとらわれたのだ。

「待合室」

考えてみると、奇妙な言葉だ。「待つ」ことを目的とした部屋だ。それ以外の目的では絶対に使用してはいけない。けっして卓球などしてはいけないのだし、談話もだめなら、お茶を飲むのもだめだ。

なぜなら、そこが、「待合室」だからだ。

斎藤茂太の本である。タイトルがそうだからといって、べつにこれは、「待合室」の本ではない。その長い経験から、精神病についてわかりやすく解説してくれる斎藤茂太のエッセイ集だ。その二つの文庫本をバッグに詰めた。正確には、『言語にとって美とはなにか』が、上下巻あるから三冊だ。

結局、私はその旅で、『言語にとって美とはなにか』だけを読んだ。

べつに他意はない。それしか読めなかった。いや、それに夢中になったと書いたほうが正確かもしれない。私は読んだ。がむしゃらに読んだ。旅から帰ってからの私の仕事に、その経験は少なからず影響を与えた。

「がむしゃらな読み」

きっとそうなのだろう。「こんなとき」の読書とは、おおむねそのようなものだ。

たったひとつの漢字のために

『ポケット辞書・実用広語小辞典』ほか

いざというとき、たったひとつだけ書けない漢字があって窮地に立たされることは誰だって経験のあることではないか。それはなにかの折、書類を書かなくてはいけないときだったかもしれないし、手紙を書こうとしてすぐに書けない漢字があるのかもしれない。もちろんそれが自宅なら問題はない。辞書で引けばいい。外出中の出来事だったらどうするかだ。近所の家にいきなり入ってゆき、「辞書を貸してください」というのはどんなものだろう。「鍋を貸してください」というより気がひける。鍋にはなにか緊急性を感じるが、辞書にはそうしたところがあまり感じられず、なにかべつに魂胆があると思われる可能性が高いので、それをきっかけに百科事典を売りつけられるのではないかと、たいていの場合、相手を警戒させる。

他人に借りてはいけない。辞書とは他人に借りるものではない。このことから私は、「辞書＝歯ブラシ説」を唱えたい気持ちもあるが、それはまたの機会に譲りたい。

まだ私が、手書きで原稿を仕上げていた頃のことだ。締め切りが迫っている。相手との待ち合わせに指定した喫茶店で原稿用紙を開き、書き上げたそばから渡さなければならない。もしかすると時間が迫っていることで焦っていたのかもしれない。たいてい書けない漢字が出現するのだ。べつに無理をしているのではない。魑魅魍魎とか、そういった言葉を書こうというのではなく、ごく簡単な漢字だが、書いているうちにこれで正しいのかどうかわからなくなる。ひらがなにすると文章のニュアンスが変わってしまう。確認したくても辞書を持っていなかった。だからといってその一文字のために書店に行き辞書を買うべきだろうか。べつに買ってもいいのだが、家に帰れば広辞苑がある。岩波国語辞典もある。三省堂の広辞林だってある。あといくつかの辞書。一文字のために買うのはどうも気がすすまぬ。

私は発見したのだ。コンビニエンスストアーだ。そこに使い捨てのような辞書が売られていたのである。

『ポケット辞書・実用広語小辞典』(永岡書店)

なにしろ、コンビニエンスストアーで売られている辞書である。あまり期待してはいけない。値段も五八〇円だ。なによりいいのは、大きさと重さである。さすがに「ポケット」だけにほんとにポケットに入る程度の大きさで、タテ一三七㎜、ヨコ八〇㎜、厚さは一八㎜だ。いま買っても荷物にならず、いよいよ邪魔なら途中で捨ててもいいような気にさせる。中身だってばかにはできない。もちろん詳しく言葉を調べるには不適切だが、漢字を引く程度なら問題なく使える。たった一文字のために私はそれを買い、捨てるのも忍びないので家に持って帰った。このとき常に鞄に入れておくところまで気が回ればよかったが、そうはせずに、なぜか本棚に入れてしまったのが間違いだ。

またべつの日、私は再び、たったひとつの漢字のために窮地に追いやられていた。迷わず、コンビニエンスストアーに向かった。永岡書店のあの辞書はあるだろうか。ところがそこにあったのはべつの辞書だ。色がオレンジだ。大きさ重さはほぼ同じだが、永岡書店のものより、どこかだめな感じを人に与える。なにしろ、オレンジ色である。

『国語小辞典』（金園社）

出版社の名前がどうも釈然としないが、そのとき入ったコンビニエンスストアーにはそれしかないのだから仕方がない。中身は永岡書店のものと同様、困ったとき漢字をひく程度のことなら問題ない。値段は四五〇円と永岡書店より安い。そして、金園社の辞書の巻末に私はうなった。付録が付いている。

「度量衡換算早見表」

一メートルが何尺かといったことが、一目でわかるが、それだけで驚いてはいけない。

「物の数え方」

こんな便利なものがあるだろうか。「イカ」は「一ぱい」だ。「するめ」は「一連」で、

「遺骨」は「一体」だ。ほんとうに重宝する。その後、それを常に鞄に入れておけばいいものを、つい忘れ、何度もコンビニエンスストアーで買うことになった。私の本意ではないが、その手の辞書が本棚の隅に収集されてゆく。収集しようと思ったのではない。なぜだかたまってしまった。

『金園社・「国語小辞典」赤版』

中身は、あのオレンジの物とまったく同じである。だが赤いのだ。そこで私は、「赤版」と名付けたが、「度量衡換算早見表」もついている。「物の数え方」だってある。なぜ、赤くしたのかは不明。

『字引』（株式会社トーレン）

いきなりこうくる。しかもタテ七七㎜、ヨコ五〇㎜と、豆本のような辞書だ。目が痛くなるような字の大きさだ。

さらに私は、コンビニエンスストアーで次々と辞書を買ってしまった。

『実用英語辞典』（昭文社）、『式辞挨拶辞典』（昭文社）、『家紋家系辞典』（昭文社）

私はこの三冊を、「昭文社もの」と呼んでいるが、いったい何の必要があって買ったのかいまではすっかりわからなくなっている。

コンピュータで文章を書くようになってからそうした辞書を買う必要もほとんどなくなった。外で文章を書く機会がめっきり減ったからだ。もちろん家では辞書を引くが、外ではノートパソコンの漢字変換ソフトがたちどころに漢字を打ち出す。そんな必要もない。コンビニエンスストアーではいまでも、ああした辞書が売られているのだろうか。

熱心な人

『新約聖書』『聖書の謎を解く』

べつに私はキリスト教の信者でもないし、育った環境から考えても、それとはまったく無縁だった。クリスマスだからって特別な感情がわくわけでもなく、むしろそのばか騒ぎに腹立たしささえ感じる種類の人間である。ところが、いつかきちんと勉強したいと考えている。教養主義ではない。奇妙なことに、クリスチャン、あるいは、子どもの頃、親に連れられて教会に通っていたという人と出会う、いわば、「奇妙な縁」に、これまでしばしばつきまとわれているからだ。

単なる偶然だろうか。

偶然かどうか、判断する材料もない。なぜなら、私はキリスト教について何も知らないからだ。それで少しずつキリスト教や聖書に関する本を読む機会がある。もちろん、聖書もそのなかには入っているし、子供向けの「聖書物語」といった本もある。で、ひとつ、気になることがあった。たとえば、フランシスコ会聖書研究所訳注『新約聖書』

の、「使徒の一団」の項に次のような記述がある。

「彼らは町に入ると、泊まっていた高間に上がった。それは、ペトロ、ヨハネ、ヤコブ、アンデレ、フィリポ、トマス、バルトロイ、マタイ、アルファイの子ヤコブ、熱心党のシモン、ヤコブの子ユダであった」

もうわかった方もいると思うが、ここで特に気になるのは、どう考えてもこれしかないだろう。

「熱心党」

このシモンが記述される場合、もう一人のシモンと区別するために、決まってこう表現される。

「熱心党のシモン」

繰り返しそれが登場するたびに、「熱心党」への興味がわいてくるのは仕方のないことだ。おそらくシモンはかなり熱心だったのではないか。しかも何度もその記述に出会うことになるので、そのたび、その熱心の度合いが増してくるようにも感じ、いよいよ、「熱心なんだろうなあ、ほんとうに、シモンは熱心なんだろう」と思えてくるから不思議だ。私は思ったものだ。そんなに熱心な人たちだ、さぞかしみんなまじめなのだろう。ほかの人がまじめではないというわけではないが、どう考えても、熱心党の、熱心にはかなわない。

もちろん、それはなにかの訳語だ。適当な言葉がほかに見つからず、「熱心」があてられたのだろうことは、容易に想像がつく。だが、やはり、「熱心」である。なんにせよ、熱心だったことにはまちがいない。

最近、出版されたばかりの、『聖書の謎を解く』(三田誠広著、ネスコ)にも、熱心党は登場する。

「熱心党のシモンは、ペテロのもとの名前がシモンだったことから、区別のために『熱心党の』と呼ばれているのでしょう」

だとしたら、もう一人のシモンを、「のちのペテロであるシモン」と表現してもよかったのではないか。それをことさら、熱心党のほうを強調するのはなぜなのか。

おそらく、熱心だったからだ。「熱心」は人の心を打つ。

いったい、「熱心党」の者らはどんなふうに熱心だったのだろう。

「人の話を熱心に聞く」

いや、そんな程度の熱心では、熱心党とは名乗れないだろう。

「病人の看護を熱心にやる」

まだだめだ。

いったい、何が彼らを熱心党と呼ばせたのか。『芸術新潮』の九七年十月号にその解答が詳細に記されている。「遠藤周作で読むイエスと十二人の弟子」のなかだ。

「熱心党は、ガリラヤ人ユダ（またも同名異人！）が紀元六年に起こした反ローマの一揆に端を発するとされる。過激なユダヤ民族主義者の集まりで、イスラエルをローマ支配から解放するために武力闘争を展開していた」

というわけで、その武力闘争の中身がここでは問題になってくる。テロである。つまり彼らは、テロリストの集団だった。

なんて熱心なんだ。

私は、以前から、「ラジカリズム」について考えている。それがなぜニヒリズムに転化し、暴力的な対立や衝突を生み出すのか。ドストエフスキーの『悪霊』を持ち出すまでもなく、あるいは、左翼のリンチ事件やオウム事件を書くまでもないが、それは、「集団」の問題として発生すると同時に、ここで問題にされている「熱心」がポイントのひとつになっているのではないか。

「熱心すぎるのも考えものだ」

まじめな硬直がニヒリズムを生むのだとすれば、私は、「熱心」を尊重すると同時に笑いたい。だからこそ、聖書に記述された、「熱心」が気になって仕方がないのだ。

こぼれ落ちた、暗く熱いもの

『拳銃王』
『最新ピストル図鑑』
『小火器読本』

新宿に射的屋がある。ああいった種類の射的屋を想像して、数人の仲間と一緒に入った温泉地によくある、想像とはまったく異なるものだった。まず、いかにも射的屋にいるだろう、「いいかげんな風情のおやじ」の姿がない。目つきの鋭い初老の男たちが係にいて、厳しい調子で、「ここに名前を記入して」と言う。厳しい口調は最後まで変わらなかった。私たちがいいかげんな気持ちで銃を構えると、「ばか、そんな構え方があるか」と怒鳴られる。「あたりっこないよ、そんなんじゃ」とまでののしられ、私はもうすでに、何をしに来たのかわからなくなっていた。温泉地の射的屋にある銃とは、そこにある銃は種類がかなり違う。なんと表現していいのか、その方面に私は疎いので困るのだが、つまり、本格的だった。エアガンと呼ばれるものだが、手にして構えるとずっしりとした重量がある。射撃する場所は透明のガラスで仕切られ、薄明かりのなか、どこか秘密めいた匂いもした。温泉地の射的屋の楽しさなどどこにもない。それは、「銃」の写真を見たときに感じる、どこか冷たい感触に似ている。

ある理由で、といっても、結局、相変わらず原稿を書く資料にするためだが、「銃」に関する本を何冊か読んだ。

一口に「銃に関する書籍」といっても様々な種類があり、そのうち、「ガンマニア」によるものを読めば、その存在は知っていたものの、「ガンマニア」の銃に対する情熱をどう考えていいのか、人を戸惑わせる部分がある。たとえば、小峯隆生の『拳銃王』(グリーンアロー出版)を読めば、実際に銃を撃つためのアドバイスが語られる部分があるが、そのための情熱のようなものに不可解な気持ちにさせられるのだ。もちろん、「マニア」や、「おたく」と呼ばれる者らは皆、そうした一面を持つのだが、「禁止されていることを実際に体験するための熱意」と考えれば、どんなマニアの熱意も、ガンマニアの前では色あせて見える。

たとえば、「お城好き」が、「実際に城を見るためのアドバイス」などしたところで、ただ間抜けなだけだろう。ガンマニアはちがう。そこには、厳しさがあり、一歩間違えれば生命に危険があるという、命がけのマニアの道がある。冷え冷えとしたもの。新宿の射的屋で感じた、「冷たい感触」と同様のものだ。

だがその一方で、床井雅美による、『最新ピストル図鑑』(徳間文庫)を読めば、その情熱がまたちがった印象を与える。「オートマチックピストル」と、「リボルバー」の項の冒頭、それぞれに次のページが添えられている。

「最近の傾向」

なにか大学入試を受けるための参考書のような印象だ。本書は、図鑑であることに徹底していて、『拳銃王』とはかなり異なる性格をしている。ただ、カバーの折り込まれた部分に添えられた著者の写真は奇妙だ。戦闘服らしきものを身につけた人がそこにいる。サングラスをかけ、鼻の下にひげを生やし、大きな銃を構えている。この写真は図鑑にふさわしくないと思った。なぜなら、そこには、『拳銃王』から受け取られる「熱いもの」と同じ情感が、一瞬、見えるからだ。「図鑑」のくせにこれはなんだ。「最近の傾向」とそっけなく書いた、あの乾いた文体はどこにいってしまったんだ。

「一瞬、見える、熱いもの」

こぼれ落ちたものだ。図鑑に徹しようとして、ついこぼれた。そこに、本書の魅力があると私は見た。

だが、一連の読書で私がもっとも感動したのは、津野瀬光男の『小火器読本』（かや書房）である。あとがきの一節が強く印象に残ったからだ。すべてを書き終わって、津野瀬氏はこう書くのだ。

「簡単にまとめますと、以上が私の鉄砲人生です」

この、「鉄砲人生」が、どこか、暴力団組織の中で「鉄砲玉」と呼ばれる者らを思い出させるが、そうではない。津野瀬氏の経歴を本書から引いて、紹介しよう。

「昭和九年　陸軍工科学校入学／昭和二十三年　国家警察岡山県本部／昭和二十六年警察予備隊総隊学校教官／昭和三十一年　防衛庁技術研究本部陸上開発官付／昭和三十五年　豊和工業株式会社入社／昭和五十一年　同社退社、執筆生活に入る／著書『銃器・火薬実用事典』（狩猟界社）『幻の自動小銃』（かや書房）『幻の機関銃』（かや書房）『幻の銃弾』（かや書房）」

まさに、「鉄砲人生」である。

本文を読めばさらにわかることだが、ずっと「鉄砲」とともに生きてきたのだ。本書はその記録であり、文献的な「銃の歴史」とともに、著者自身が銃を研究し、開発した経過が、ごくまじめな筆致で記述されている。淡々とした文体のなかに、『拳銃王』と同様なものがうかがえる。淡々とした、工学書的な文体だからこそ、逆に、『拳銃王』よりなおさら、あの、「熱いもの」がほとばしると私には感じられる。

不可解な熱意。

それが、「鉄砲人生」の魅力であり、彼らの魅力だ。そこにはどこか暗さがある。津野瀬氏の経歴をもう一度、よく見れば、昭和九年と、昭和二十三年のあいだの空白にも、おそらく同じ暗さがあると、私には感じられてならない。

痛みとは肉体のことだ

『特権的肉体論』
「内角の和」

東京に三軒茶屋という地名がある。「茶屋が三軒あった」ということからその名が付いたという。もし乾物屋が三軒だったらどうだったのか。「三軒乾物屋」になって、地名としてはあまりかんばしくない。カレー屋はどうか。「三軒カレー屋」だ。茶屋でよかったと、地元の人たちは胸をなでおろしていることだろう。カレー屋でなくてほんとうに幸いである。三軒茶屋に世田谷パブリックシアターという劇場があり、そこが主催して演劇関係のレクチャーがいくつか開かれている。私も、『考える冒険』というタイトルで、「演劇書を読む講座」を月に一度、受け持っている。そのために内容をまとめなくてはならないので、その回の課題になっている図書を読み返しノートを取りと、月に少なくとも一週間は大忙しだ。

すでに、三回が終わった。

第二回のテーマ、『難解な演劇書を誤読する』のために、唐十郎の『特権的肉体論』

を再読して思ったのだが、この書物は、いい意味で、「でたらめさ」に満ちている。つくづく感心したのだった。

たとえば、こういう言葉はどうだ。

「痛みとは肉体のことだ」

うっかりしていると、言葉の魔力に魅了されつい見逃してしまいがちだが、よくよく読めば、何を言いたいのかほとんど理解不能ではないか。

「痛みを感じるのは肉体だ。だけど、痛み=肉体ってことはないじゃないか、だって、痛みは身体じゃないし」

だれもがそう感じるし、たとえば、歯医者に行って、治療の痛みを医師に訴えたとしたらどうだろう。医師が言う。

「痛みとは肉体のことだ」

患者はいったいどうすればいいというのだ。ところが、それは近代医学の担い手であるところの歯科医師だからだ。それが、「どうすればいいのか」という気持ちを生むことになるのを忘れてはならない。これが、もっと、ちがう分野の、たとえば「鍼灸師」によって発せられた場合、事情は異なる。鍼を打たれているのだ。ひどく痛い。それを訴えると、鍼を打つ手によけい力を入れ、鍼灸師は答えるだろう。

「痛みとは肉体のことだ」

すると奇妙なことに、言われた者は、ああ、なるほどなあ、という思いを抱き、疑問に感じるどころか、逆に、なにかありがたい言葉を聞いている気持ちにさせられるから不思議である。

つまり、唐十郎が、「痛みとは肉体のことだ」と書くとき、そこにあるのは、「反近代」の意志である。その言葉を書くことによって、「近代人」のコミュニケーションスタイルを意図的に踏み外そうとする。別役実の『ベケットと「いじめ」』に書かれている、天草の小学生のエピソードは、まさにそうしたコミュニケーションのスタイルについて触れている。東京に住んでいた小学生が天草に転校し、天草の子どもはしゃべらないと、以前の友だちに手紙を書いた。田んぼのまんなかでぽつんと一人立っている、東京では考えられないことだと。別役は書く。

「東京だと、四六時中しゃべっていないといけない。しゃべっていないと、人に、『どうしたの？』と聞かれる。『どうしたの？』と聞かれて、わたしはいまこれこれこういう理由でしゃべってないんだよということが説明できなければ子どもじゃない」

天草の子どもはそんな必要がないのだ。比較として出てくる東京の子どもとは異なり、「言葉」による問いかけではなく、近代以前によく似た、「身体」に隣接した部分で関係を生みだす。唐の書く、「痛みとは肉体のことだ」は近代以前の関係へとさかのぼろうという試みであり、「言葉」そのものが、「身体」を通じたコミュニケーションとして存在する。ひどく難解だと感じたのは、それを読む私が、逃れようもなく、近代の人間だからだ。

ほかに、『難解な演劇書を誤読する』でとりあげた書物に、演出家の鈴木忠志が書いた、『内角の和』がある。比較的、読みやすいと感じたのは、唐ほど、身体のほうにむかっていないからだろう。だが、ある一節に驚かされた。突然、難解になる。

「阿部定に俳優を見た」

いきなりこうくるのだ。ある会議の席、それまで、きちんとした態度で発言していた会社の役員が、いきなり、でたらめなことを言いだした姿を私は想像した。もうこうなると、ネクタイははずしているだろう。もしかするとそのネクタイを頭に巻いているかもしれない。

なにしろ、「阿部定に俳優を見た」だ。

やはりここでも、「身体」に根ざした言葉、発話について触れられているのだが、さらに鈴木は書く。

「ある種の女性は、ミシンを踏むリズムにすらオルガスムスを感じることができるという。だからこれは、一見複雑にみえるロック・ミュージックの底を流れる原始的かつ単純なリズムに、若い女性たちが失神状態をおこす現象とたいした異同はない」

女性性に特権性を見る。これもまた、ひどく難解な論理である。

レコード・コレクターとともに12年

『レコードマップ98』

新宿の西口には、中古レコードや輸入レコードの店がいくつか点在する。先日もある場所で用事をすませたあと、新宿を通ったので、電車を降り、レコード店をいくつか回ることにした。そのうちのひとつで、スタンダードの古いアナログ盤を大量に置いてある店に入った。店に入ってすぐに気がついた。どうも様子がおかしい。かつて来たときとは棚の配置がちがう。あらためて店の全体をはっきり見た。驚いた。ヴィジュアル系というやつの店になっていたのだ。

壁には毒々しいメークを施したバンドのポスターが貼られている。まずい、こんな場所にいたら、どんな眼で人から見られるか知れたもんじゃない。一刻も早くここから逃げださなければ。人はあせると何をしてしまうかわからないもので、うっかりCDを一枚、買ってしまったのだった。

いったい、あのスタンダードを中心に扱っていた店になにがあったんだ。

そういえば、かつて私が足繁く通っていたイギリスのインディーズが強かった店もいつのまにか様子を変えていたし、公園の前にあったはずの店は、レゲエやダブの専門店になっている。変わらずにある店を探すほうが難しいほどだ。新宿西口の変転は激しい。それは、音楽の流行りすたりをそのまま、反映するのだろう。半年でも、ここに来なければ、まるで過去の人間になってしまったような思いにおちいる。

だから、というわけでもないが、ここはひとつ、『レコードマップ98』である。

いきなりこんなふうに書いても、わからない人には、なんのことだか理解できないだろう。学陽書房から発行されている全国のレコード店を網羅したガイドブックだ。その表紙には、次のような、堂々としたコピーが記されている。

「レコード・コレクターとともに12年」

つまり、『レコードマップ86』あたりからはじまって、毎年、発行され、それがもう十二年も続いているということだ。私は数年前から購入するようになった。もちろん、「便利」ということが大きいが、それ以上に、本書にはさまれた、「広告」の面白さに惹かれていると感じてならない。広告といっても、白黒ページに掲載されたもので、なかには手書きのものさえある。大半がレコードショップのものだ。本文で紹介されるだけではもの足りないと思ったのか、多くの店が広告を出す。

「原宿をなめるな!!」

と、いきなりこんなコピーを見せられても、逆になめてやりたい気持ちにさせられ、あまり効果はないのではないか。それは、おそらく経営者が同じなのだろう原宿にある六つの店が見開きに収まった広告のコピーだ。それぞれの店名がすごい。ローリングストーンズ専門店が「ギミーシェルター」だ。エルビス・プレスリー専門店は「ラブミーテンダー」で、ビートルズ専門店が「ゲットバック」はいいにしても、ガンズの専門店にはちょっとあきれた。

「ガンズ」

そのままである。

そして、この数店がグループになって発行している季刊のカタログがあるのも広告で知った。そのタイトルがすごい。

『アナロガーズ』

どうやら、アナログ盤だけ扱うカタログだ。アナログ盤愛好者がアナロガーなら、カセットテープ好きは、「カセッター」なのか。CD好きはどう呼べばいいんだ。

「シーダー」

人はそんなふうに呼ばれたくないと思う。

カタログを雑誌の形で出しているレコード店はほかにもある。中華圏のレコードや書籍を専門に売る大阪の「チャイナセンター」もそうだ。誌名がすごい。

さて、『レコードマップ98』の広告のなかでも、とくに驚かされたのは次のものだ。

『チャイマッセ』

そこには大きくこんなふうに書かれていた。

「ビニール袋のことなら何でもご相談ください」

いきなりビニール袋である。一瞬、ゴミ収集のためのビニール袋を想像したが、そうではないらしい。さらにコピーはつづく。

「洒落た袋でイメージアップ」

どうやら、レコードを入れる店の袋のことだ。それがわかったとき不意に私は、中学生のころ、レコードを買うたびに、あの袋もきちんと保管していたのを思い出した。月にレコード一枚買うのがやっとだった頃だ。だから、毎日のように聞いた。毎日、聞けば、さすがに収録された曲はすべて覚えてしまう。中学生のころに買ったレコードは、何曲目に何が入っているか、いまでもきちんと記憶している。

あれは、レコードコレクターとはまるで種類のちがうものだ。

音楽を聴くことが、ほかのなによりも大事だった。そんな情熱を持てない、いまの私は、『レコードマップ98』の広告を楽しんでいる。

カレーと、インド遅れた 『行きそで行かないとこへ行こう』

やはりカレーだ、というのが、本書を読んだ私の率直な感想だ。さらに正直に書けば、読んでいる途中でカレーが食べたくなって困ったのだし、本を閉じ、本書に登場する渋谷の、「M」というカレー屋にいますぐ行きたい気持ちを抑えきれなくなっていた。誰だってそうだ。本書にはその力が隠されているが、それはとりもなおさず、「カレーのディスクール」ともいうべきものである。簡単に表現すれば、「カレーが書かせた」ということになるのだが、もちろん、本書はカレーについて網羅したその手の本ではない。

『カレー全書』

といったものではないし、

『世界カレーめぐり』

とか、

『カレーとわたし』

あるいは、『世界文化としてのカレー』や、『カレーその可能性の中心』『革命的カレー論序説』『カレーの解体学』でもなければ、『カレーでゴー』『ライスもあればルーもある』『ほんでもってカレー』といったことではいっさいない。

行きそうで行かないところ。

様々な世界が描かれている。知人に誘われて私も行ったことのある大阪のある特別な地区、行ったことはないが話には聞いたことのある浅草のストリップ劇場、さらに、新宿の特殊な映画館や果ては日光江戸村さえあるし、失踪したマネジャーに会いにゆく話には少しばかり心を動かされもした。だが、カレーだ。そのすべての話に、私はカレーの香りを感じていた。

いったい、カレーになにがあるというのだろう。

ある夏の朝だった。一晩中、原稿を書いていて、気がつくと空が明るくなっていたが、時間にすると午前五時になろうとするところだ。それでいまになっては、なぜそんなふうに思ったのかわからないのだが、不意にカレーが食べたくなった。きのうの夜の食事がカレーで、ルーが残っているのなら、こんな時間、「カレーが食べたい」と考えるのもあながち奇妙ではない。あるいは、近くのコンビニエンスストアーに行けば、電子レンジ用にレトルトパックされたカレーがあり、それがけっこういけるというなら、まあ、そんな時間に食べたくなるのも許されるだろう。だが、そうではなかった。

インド料理屋のカレーが食べたい。

まるでイワン雷帝のような話である。いや、どういう話か知らないけれど、なんだかそういう気がする。ルイ十四世やスターリンでもかまわない。つまり、そうした種類の話だ。だが、ふつうに考えてみると、早朝から店を開いているインド料理屋はありえない。ありえないというか、通常はありえないということになっている。だってそうだろう。タクシーやトラックの運転手が利用するラーメン屋は彼らに必要とされるから存在が許されるが、誰がこんな朝早くからインド料理を必要とするというのだ。インド人だろうか。いや、たとえインド人がどこかカレーと結びつきやすい傾向にあるとしても早朝からカレーを食べたがると考えるのは安易なイメージで、ヨーロッパ人が日本人について早朝から寿司を食べていると考えるのにも似て、それはひどく滑稽な想像である。インド人は食べない。インド人も食べないとするならこんな早朝、カレーが食べたいという気持ちを満足させてくれる店などけっして存在しないだろう。だいたいが、朝の五時頃、カレーが食べたいと考える人間は、日本では三人ぐらいしかいないはずだ。どうなんだろう、三人のために店を開いてそれでやっていけるのか。もしかしたら、一人が病気で欠席するかもしれないし、べつの一人は特別な理由で来ることができず、さらに残された一人がその日に限って満腹だったらどうなのか。「その日」がなんのことだかわからないが。

おそらく、そんな店はない。

あるはずがない。

だが、驚くべきことに、麹町のアジャンタだけはちがう。二十四時間営業だ。しかも、インド人が夜を徹して働いている。感動的な話ではないか。

ちょうど、地下鉄の始発の出る時間だった。

カレーが食べたいという気持ちは抑えきれないものになっていた。アジャンタだったらこんな時間でも店を開いている。カレーだ。なにをおいても、カレーでなければだめだ。

本書で大槻ケンヂは書いている。

カレーはいついかなる時でも人に物を食う根源的喜びを感じさせる、まさにドラッグだ。ハヒハヒとうまいドラッグだ。

つまり、私が、朝の五時から、「なにをおいてもカレーでなければだめだ」と意識することそれ自体のなかに、すでにトリップ感は漂っている。ドラッグである。何かを食べたいという気持ちとは異なる意識がそこに生まれ、カレーだからこそ、その特別な意識がより強まるのだとすれば、ここには、「カレー」によって出現する、「奇妙な力の構造」が示されている。

食欲より、カレー。

人はたとえ、おなかがすいても、カレーを目の前に出されれば、それまでの空腹感を忘れるだろう。もしかすると、「カレーが食べたい」という意識すら忘れる。もうこうなるとなんだかよくわからないことになっているが、とにかく、たいていのことは忘れてしまう。いやなことがあればカレーだ。カレーさえ出てくればいやなことなど忘れるのだし、大切な約束もカレーの前では効力を失い、結婚式のメニューにカレーがあれば、いま自分が何をしているのか、新郎新婦でさえ忘れる。

まして、仲人は。

カレーだな。

結局、いきつくところはカレーだ。

そのころ私は、渋谷の駅から十分ほどの場所に住んでいた。麹町は遠いが、だからって途中で挫折し、立ち食いそばを食べるような気持ちにはいっこうにならない。なぜなら、「カレーが食べたい」という意識は、前述したように食欲とは無縁な場所に存在するからだ。カレーだ。カレーでなければだめだ。考えていると、いよいよカレーが食べたくなった。大槻ケンヂが書くまたべつの言葉は、そのことを異なる側面から表現してさらに印象的だ。

思いっきり辛いカレーを食う全ての人は、辛さという共通の刺激にその身を支配され、言語も時の感覚もない、何より思考能力の停止した「ダメ人間」と化し、そして平等となれるのだ。

かつて杉並に住んでいたころ、住んでいる場所の付近を散歩している途中、偶然、見つけたインド料理屋で、私は印象深い出来事に遭遇した。ちょうど、ソウルオリンピックが開催されている時期だった。店に入って奇妙に感じたのは、本来なら厨房にいるはずのインドから来ている料理人たちが、フロアに数人いたことだ。なかには、厨房とフロアを結ぶ窓から身を乗り出している者もおり、それで気がついたのは、彼らがテレビのオリンピック中継に注目していることだ。日本人のオーナーらしき中年の女性が私に言った。

「インドの選手がめったに出ないでしょ、だから、いまちょっと、たいへんなのよ」

どうやらオリンピックの話だ。これから四百メートルリレーの予選がはじまる。インドチームがエントリーしていた。私が店に入ったときは、まさに、スタートの直前だったらしく、厨房の窓から身を乗り出すのも無理はない。まるで合図のピストルが鳴れば彼がそこから飛び出すかのようだった。インド人らの視線はテレビモニターに注がれる。スタートの合図が鳴る。選手たちがいっせいに走り出す。第一走者が百メートルを走り、第二走者にバトンを渡す。勝負の行方はすでに明らかになっていた。

アナウンサーが日本語で叫んだのだ。

「インド遅れた」

それだけでも、じゅうぶんだが、なぜかアナウンサーは早口でくりかえす。

「インド遅れた。インド遅れた。インド遅れた」

そんなにしつこく言うことはないじゃないか。料理人たちに日本語がわかるのかどうか心配になったが、言われなくてもインドチームが遅れているのは映像だけでもはっきりわかる。彼らの表情はみるみる変化していった。どこかさびしげに見えた。さびしそうなインド人。少なく見積もっても五人はいる。

「インド遅れた。インド遅れた。インド遅れた」

アジャンタに向かう地下鉄の車内で、私はその言葉と、インド人たちの表情を思いだしていた。思いだしてもしかたのないことだが、カレーのことを考えるたびに、それらはひとかたまりになって、私の意識を刺激する。

「カレー」「インド遅れた」「インド人の表情」「にじみでる脳内物質」

大槻ケンヂが書く、「ハヒハヒとうまいドラッグ」とは、このことをいうのではないか。それらがひとかたまりになって私をつき動かし、朝の五時、カレーを食べるだけの目的で地下鉄に乗っている。

アジャンタはやはり営業していた。

客は私のほかには誰もいなかった。示された席に腰をおろし、落ち着いてようやく気がついたのは、夜勤だったのだろう若いインド人の店員が、ちょうど帰宅するところで、若いインド人の手には何枚ものナンがあることだ。もちろん透明のラップで包まれているのだが、ほとんどむきだしといっていい様子で手のなかにあるのが見ていて不安だったし、カレーは持ち帰らなくていいのかと、妙なことが気になった。べつにバッグを手にしているわけではない。ナンのほかにはなにもない身軽な姿だ。どんな方法でナンを食べるのか、いよいよ妙なことが気になった。いつのまにか、べつのインド人がテーブルのかたわらに立ち、私の言葉を待っている。手には伝票とペン。

「チキンカレーとナン。それから食後に、ラッシー」

それで私は、ひとつ小さな呼吸をする。とりあえずの仕事をやり終えたような気持ちがし、どこか、ぼんやりした。

「注文を終える」

それはいったいどういう状態なのだろう。欲望の半分が充たされたどこか曖昧な時間が出現する。注文した品が出てくるまでの時間。ドラッグが一時的に切れたと表現してもいいようなぼんやりした時間だ。仕方なしに、窓から店の外を見る。まだ朝の五時半だ。町は動き出していない。ときおり、コンビニエンスストアーのロゴをつけた大きな車が走ってゆく。鳥の姿が見える。うっすらともやがかかっている。

なにか私は、途方にくれるような気持ちになっていた。

誰だってそうだろう。カレーを食べようというあの意識によって身体が充たされたのち、注文をしてぼんやりした時間が訪れれば、誰もが途方にくれるにちがいない。本書の、『養老温泉で、おマヌケな唄を作る』の章に漂うのは、それと同じ種類の意識ではないか。いや、その章にこそ、注文を終えた、あの、「途方にくれる時間」が表現されている。とくに一七六ページから書かれているのは、「途方にくれる時間」のありのままの姿だ。自己と対面し、意識を深く見つめる筆致にこめられているのは、まさにそのようなものだろう。そして、温泉につかって大槻が歌うのは、途方にくれる者を救済する感動的な言葉である。

おサルとフロに入りたい
心のトラウマほぐしたい
おサルがお盆におチョコのせ
熱カンついでくれるのさ

サルである。

カレーである。

誰だって途方にくれているのだ。

注文した品がテーブルに並ぶ。カレーを口に含む。再び私のなかに、注文するまでのあの意識がよみがえる。もう十年ほど過去の話だ。麹町のアジャンタが、いまでも二十四時間営業しているのか、私はよく知らない。

爆発とよろこび　『エレキな春』

はじめてしりあがりさんの作品に触れたのは、おそらく多摩美術大学の漫画研究会が発行していた同人誌だったと思う。その後、人から、傑作だと教えられた漫研時代の『サザエさん』ではなく、大学のコンパを題材にした作品だった。表題作『エレキな春』に見られるナンセンスとは異なる質は、本書の『ハラハラ舞い散る夢と希望』や、『先輩の正月』と同様の、これといって主張するのではない、ゆったり流れる抒情性として感じられるが、「しりあがり寿」という漫画家がもつ、「微妙な手触り」は、はっきりそこに現れている。しりあがりさんが出身の多摩美が舞台の漫研時代の作品を思い出し、そして、あらためて、本書を読めば、「手触り」が、その魅力のままに、ある爆発として、『エレキな春』に収められた各作品に出現したのではないかと感じた。

爆発。

それはまさに、爆発である。

爆発するにふさわしい可能性がしりあがり寿のなかにあったとすれば、先に書いた、「手触り」をどう考えればいいだろう。「手触り」から「爆発」にいたるこの感触を、もっとほかの言葉で表現できないだろうか。エッセンスともいうべきものを、言葉としてとりだしてみたいのだ。

先日、演劇の若い集団をいくつか見る機会があった。かつてなら、演劇の集団といえば、どこかおどろおどろしい空気が漂い、その名前を眼にするだけで、いまにも逃げ出したい気持ちに誰だってなったものだ。

「劇団土下座」

私は残念ながらその舞台を観たことはないが、舞台上では繰り返し繰り返し劇団員たちが土下座していたのだろう。ただただ、土下座だ。しまいに見ている者らもまた、土下座しないと申し訳ない気分になって土下座をはじめ、劇場では、ただただ、土下座が繰り返されたのだ。では、こういう集団は、どうだったのか。

「劇団摩訶摩訶」

さらに、「演劇団」「河原乞食」「肉体世界」「土着信仰」「青森」「能登半島」「暗黒墓参り」と、書きだしていったらきりがないが、かつて情報誌の演劇欄には、そうした、「いかにも演劇らしい名前」があたりまえの顔をして並んでいたものだ。私が見た若い集団は、それのどこが演劇の集団なのかと人を戸惑わすに十分なものばかりだった。

「宇宙レコード」「ポかリン記憶舎」「劇団・力の加減」「フルネルソン」……。ろくなものではない。おどろおどろしい名前もあれだが、こんないいかげんな名前では、また別の意味で腹立たしい気分にならないほうがおかしいではないか。まあ、それはいい。ほっておこう。なかでも印象に残ったのは、次の集団である。

「ロリータ男爵」

いったいこの名前はなんなんだ。誰が男爵だ。ちょっと前に出てこい男爵の野郎。どんな舞台なのか名前だけではさっぱりわからないが、じつは、この「ロリータ男爵」の舞台を、ぜひしりあがりさんに見てもらいたいと思って、この話を書いた。

ロリータ男爵は、多摩美の劇研である。

単純にまとめれば、ミュージカルの劇団だ。ミュージカルと書けば、もちろん、ブロードウェイの華やかな舞台を思い出すし、日本でも劇団四季の名前がすぐに浮かぶ。そして、なにかいやな気持ちに人をさせる。なかには、そうではない人がいるから一概には言えないものの、そうした人を含めてあらかじめ断っておきたいが、彼ら、『ロリータ男爵』のミュージカルを誤解してはいけない。

ミュージカルをいやだと思う人には幸福がもたらされ、ミュージカルを愛している人は怒りがこみあげる。

そのようなものだ。

彼らはそれを、「チープ」という言葉で表現した。たしかにそれはそうかもしれない。真剣なミュージカルがそこでは表現されているが、どうみたって俳優たちはミュージカル向きではなく、舞台上に現れる美術も、ありあわせの材料で作ったとしか思えない陳腐さだが、そのすべてが、彼らロリータ男爵の策略としてあり、そのことが、「ミュージカル」という、この国ではとうてい実現の可能性が薄く、そこらあたりへの考えもないまま、「ミュージカルってすてき」などとばかな中学生が憧れる感覚そのまま、田舎芝居として作り出される多くの「ミュージカル」への批評となっている。

いやべつに、「批評」が優れているからといってしりあがりさんに推薦しようと思っているのではないのだ。

たしかに彼らが言うような、「チープ」さはあるだろう。そして、私が強引にまとめた「批評」という側面もあるにちがいないが、なにより私の印象に残ったのは、しりあがりさんの作品に私が感じた、あの「手触り」と同様のものをそこに見たからだ。それを私はいま、「多摩美的なるもの」と名付けたい。

「多摩美的なるもの」

ほんとうにそんなものは存在するのだろうか。

ある。

あります。

それはたしかに存在します。

「多摩美的なるもの」

いやべつに、繰り返すことに意味はない。

とにかくあるのだからこそ、本作、『エレキな春』はしりあがり寿を考えるうえで重要な位置を占める。本書が世に出てからもうずいぶん時間が経過し、しりあがりさんの作品もその後、変化していったが、最初に書いた、しりあがりさんの魅力が、爆発として出現したことは、ふたつの意味をそこに見いだすことになるだろう。

第一に、「手触り」がもたらす、「爆発」の種類。第二に、「爆発」を誘引したものへの手がかり。

あの「爆発」はなんだったのだろう。たとえば、本書に収められた『幕末合唱団』の冒頭、議論が混乱したとき、塾長が口にする次の言葉はどうだ。

「議論においてはまずおのれの立場を明確にするが肝要。されば今後、賛成意見のものはタイコを打ちならし、反対意見のものはこれなる鈴を振りならすがよかろう」

こんなでたらめな話があるものか。

さらにものすごい勢いで展開してゆくナンセンスを分析するつもりはないのだが、ただ、そこに感じるのは、「途方もなさ」と同時に、「折り目ただしさ」である。そして、奇妙なことにどんなデタラメになろうとも、「わざとらしさ」や、「笑わせてやろうという見え透いたいやらしさ」がまったくない。このことからわかるのは、「でたらめなことを口にすることの純粋な喜び」である。「でたらめ」で笑わせてやろうなどといった貧しい考えはそこにない。ロリータ男爵としりあがりさんの作品に共通するのは、単に、「ナンセンスの質」が似ているということではない。どうやら、このことが大きく作用している。

「よろこび」

とてもポジティブな力だ。ポジティブにして、折り目ただしく、それでいて途方もないばかばかしさに充ちた爆発。そうだ。それこそが、「多摩美的なるもの」の正体である。

それは、「無理をしない爆発」だ。

しりあがりさんの描く、あの「コイソモレ先生」はただ立っている。ただ立って、ぼんやりしているけれど、心中、何を考えているかしれたもんじゃない。この、「ただ立つ」が、「無理をしない」と同意語であるように、「何を考えているかしれたもんじゃない」は、「爆発」のことだ。つい無理をしてしまう連中は、「爆発」を演出し、いかにもアナーキーやパンキッシュなそぶりを見せてしまうだろうが、そんなものは、わかりやすくて扱いが簡単だ。「わたしは普通の人間とはちがいますよ」と主張したくてたまらない。主張がわかるから理解もしやすい。そこへゆくと、「無理をしない爆発」は得体がしれない。いったいどういうことになっているんだ。

私が考える、しりあがり寿とはそのような人物だ。

ゆったりした口振りで、しりあがりさんは話しはじめる。それは、口振りとは裏腹に、とてつもなくばかばかしい提案だったりする。主張したくてたまらないあの連中とはちがって、とても豊かさを感じる。

多摩美的なるもの。

私には、そう感じられてならないのだ。

読めない歴史

『資本論』

手元にあって、いつも眼の端にはあるが、いっこうに先に進まず、けれど、なにかのおり、よし読もうと決意しページを開くが、ほんの数ページ読んだところで、ぱたっと閉じると、しばし考え、考えたきりでそこから先に進まないという奇妙な書物が、私には何冊もある。

それぞれの、「読めない歴史」は長い。

もうずいぶん以前のことだが、トマス・ピンチョンの『V.』は一年かかった。『重力の虹』は数年になる。けれどそんなものは、まだまだ短いほうだ。

記録的に長い「私にとって読めない歴史」をもつ一冊の書物がある。

『資本論』だ。高校二年の時からそれを繰り返している。もう、二十四年だ。クラスの仲間の何人かがそれに挑戦し、「どうだ?」と毎日のように声を掛け合うので、「おう、少しな」とわけのわからない返事をした。もし、二十四年ぶりに彼らと町で偶然会い、いきなり、「どうだ?」と質問されたらなんと答えたらいいのだろう。

「ああ、少しずつ」

最初に手にしたのがだれの手になる翻訳か忘れてしまったが、引っ越しでなくしてしまったり、金がなくて古本屋に売ったこともあって、「よし、今度こそは読もう」となんども買っている。いま手元にあるのは、岩波文庫の向坂逸郎訳のものだ。

高校生の私たちは読んでいた。

だが、いまになってみると、クラスの何人かが、同時に、『資本論』を読もうと考えるのも奇妙で、それがなんだったのか、いまもってわからない。

流行りというやつだろうか。

よく、「これがいまクラスで流行ってる」という言葉を聞くが、だからって、それが『資本論』てことはないじゃないか。よくわからないぞ。高校生のすることだ。たいした意味はなかったにちがいない。

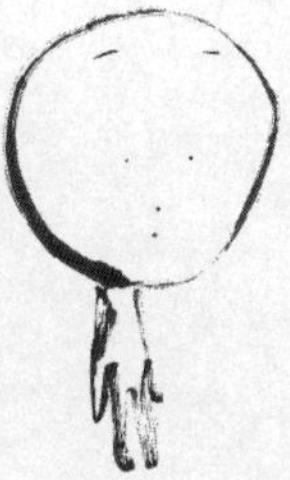

貧乏力

ある若い俳優に与えられた役は、「会社員」だった。「白いYシャツにネクタイ」が彼の衣装で、出番の直前、鏡の前でネクタイを直していた。それはいいが、なにか気になるので、あらためて彼のことを見ると、白いYシャツの下に黄色のTシャツを着ていた。普通、そういうことは考えられないことである。そのことを指摘すると、彼はあたりまえのことのように言った。

「白いTシャツって、持ってないんですよ」

私は思うのだが、Yシャツの下に黄色のTシャツを着るのはなにか気持ちが悪くないだろうか。いや、べつに俳優だからといった問題ではない。普通、そうではないか。彼は持ってないと言った。持ってなかったら買うべきだ。白いTシャツを買わなくちゃと思わせる力がYシャツにはあり、それは、たとえば、ズボンにベルトが必要なのと同じことではないのか。

私には彼がよくわからなかった。

あるいは、またべつの俳優である。あるとき、なにかの場面を稽古しているとき、その大柄な男に、「ためしにＧパン、脱いでみるか、そこで」となにげなく言った。もちろんこの演出も、どうかと思うが、ま、それはここではあまり重要ではない。大柄な男は、少し困った顔をし、それからこともなげに言ったのだ。

「穿《は》いてないんですよ、きょう、パンツ」

少しの時間、彼の言葉の意味が私にはわからなかった。「穿いてない」とはどういうことなのだろう。そういう趣味なのだろうか。しかし、Ｇパンの下になにもつけていなかったら気持ちが悪くないだろうか。よくわからず黙ってしまった私に、彼はやはり、あたりまえのことを話すように言ったのだ。

「洗濯してないんです」

彼の表情を見ていると、「だったら買えばいいじゃないか」という言葉は、意味がないように思えた。

「洗濯していない↓下着がない↓だったら穿かない」

私はこんなふうに下着について考えたことがなかった。私だったら、買うと思う。繰り返すようだが、Ｇパンの下になにも穿いていないのは気持ちが悪いからだ。

「神経質ですね」

大柄な男は、なにも穿かないことをとがめる私にそう言った。そうかなあ。俺はそんなに神経質じゃないと思うがどうだろう。「黄色のTシャツの男」と「Gパンの下になにも穿かない男」は、表面的によく似ている印象をうけるが、本来は性格のまったく異なる二人だ。共通していることがあるとするなら、演劇をやる若い者の大半がそうであるように、彼らはひどく貧乏だ。

こうして考えてみると、「貧乏力」とはつまり、「気にならない力」のことではないだろうか。

おそらく、彼らは、そのこと自体、気にしていないので、自分が「貧乏」などとは考えたこともない。ただ単に、「いま、金がない」だけのことだ。そして、「気にならない力」は、様々なことを無視し、見落とし、忘れるがゆえに、「力」となる。考えてもみたまえ。「無視することのできない人」がどれだけ苦労が多いか。「見落とすことのできない人」が、いかにつまらないものを数多く見てしまうか。「忘れられない人」は、いつまでもそのことを気にして不幸である。

「気にならない力＝貧乏力」はすごい。なにしろ、なにも気にしないのだ。

おそらく彼らは、貧乏なゆえに生まれたその力を、あらゆる場所で駆使するだろう。

「道に落ちたものを平気で食べる」

たとえば、たこ焼きを食べようとしたとしよう。彼らにしたらひどく贅沢だ。そのとき、なにかの拍子で、たこ焼きのひとつを道に落としてしまった。だが彼らは、落としたことに対していっさい動揺しない。そんなことは取るに足らないことだ。落ちたたこ焼きを鷲づかみにする。口に持ってくる。そのまま食べる。なんの問題もない。

なぜなら、気にならないからだ。

「他人が使ったティッシュが乾けば、再利用する」

乾いたんなら使う。これもあたりまえのことだ。ものを大事にするのである。使えるものは使う。なにも気にすることはない。

もちろん、「貧しさ」といっても、「昭和三十年代的な」と呼ばれる、あのノスタルジーで語られるものとは、ここにあるのはどうも異なるように思えてならない。いつからだろう、ここ四、五年、私が気になっているのは、若い連中が路上に腰をおろしているのをよく見かけることだ。

コンビニエンスストアーの前で。駅の構内で。渋谷のセンター街で。

躊躇なく彼らは腰をおろす。八〇年代には見られなかった光景だ。そこには、まさに、「気にならない力＝貧乏力」が働いている。彼らがよく使う言葉に、「まったり」があるが、どこといって「能動性」の見られないまったりした彼らが、では、積極性などかけらもないかといえば、そうではない。「まったり」が持つ、「受動性」にもまた、積極的な力があるにちがいない。「気にならない」、あるいは、「気にしない」ことによって、積極的主張する。それこそが、この時代の、彼らが表現する貧乏の力だ。

彼らの、「気にならない力＝貧乏力」が、八〇年代的な嘘をひきはがす。豊かだと喧伝され、誰もが中流だと口にしたあの時代の嘘だ。表面的ななめらかさを笑うかのように、彼らは路上に腰をおろし、少し低い位置から町を見ている。能動的に働きかけるわけではない。なにも気にしない。なにも気にしない力が、町の風景を変える。

不景気だと人から聞かされた。

経済的な破綻をニュースが声高に伝える。すべてが閉じられてゆく気配も感じる。だが、気にすることはない。気にしてもしょうがない。このままどこまでも落ちてゆけばいい。この国を救うのは、「気にならない力＝貧乏力」である。

あとがき

本書は、編集を担当してくれた打越由理さんの力がなければ成り立たなかった。数年前、『頓智』という雑誌から原稿依頼があり、そのとき電話をくれたのが打越さんだった。すぐに私は、家の近所にある、「打越整形外科」を思い出したが、話を聞いたところ、なんの関係もないという。渋谷の喫茶店でお会いすることになり、そのとき、目印として打越さんが口にした言葉を私はいまでも忘れない。

「三十がらみの地味な女です」

そして待ち合わせの時間、約束の喫茶店に行くと、そこには言葉通りの人がいた。本書の準備のために打越さんは、これまで出した単行本に収められていない原稿を集める作業をしてくれたのだが、中には評論に近いものがかなりの数あり、それはまたべつの形で単行本に収めようと言う。「でも、評論ばかり集めた本は、エッセイ集に比べると地味だね」と私はちょっと気を遣って言ったわけだが、驚いたことに打越さんは、私が言い終わるか終わらないうちに胸を張ってこう宣言したのである。

「地味なのは得意ですから」

私はその瞬間、はじめて会ったときのことを思い出していた。あの「三十がらみの地味な女です」という言葉がまざまざと甦ってきた。

ところが最近、打越さんは会うたびごとに精力的になり、「地味」と表現するのには無理があるほど活気づいている。もしかしたらこの人は、なにかぷちっと切れてしまったのではないかという瞬間があり、この勢いのようなものがひどく不可解だ。あの「地味なのは得意ですから」という言葉も、たしかあれは、笑いながらそう言っていたのではないか。そして、打越さんが日に日に元気がよくなっていった頃、家の近所の、打越整形外科が閉鎖された。そのことと、打越さんの変化はなにか関係があるのだろうか。きっとなにかある。なにかあるとしか考えられない。

ここに、〈打越〉の謎がある。

おそらく、〈打越〉には一定のエネルギーの量があり、一方の〈打越〉のエネルギーが高まった途端、もう一方のエネルギーが消滅してしまうのだろう。だから、打越さんもうかうかはしていられない。ほかの〈打越〉のエネルギーが高まりそうになったら、すぐに行って潰さなければだめだ。

それにしても、〈打越〉だ。そもそも、この名前がわからないじゃないか。いったいどういう謂われがあるのだろう。何か意味があるのだろうか。そこでためしに、篠崎晃雄氏の『実用　難読奇姓辞典』で調べてみると意外なことがわかった。〈打越〉は、「うちこし」とだけ読むと思っていたがそうではない。ほかにも、「うごえ、うごし、うていし、うていち、うてえち、うでし」といくつもの読みがあるが、こうして引用してふと気がついた。そもそも『難読奇姓辞典』に載っていることがただごとではない。もちろん、私の宮沢という姓など載っていない。田中や鈴木はもちろんだめだ。つまり、〈打越〉は、胴膽（どーぎも）や言語道断（てくらだ）、万年青平（おもとのひら）と同じ種類の姓である。そのことひとつとっても、本書『茫然とする技術』はなにか奇妙な力によって生まれたとしか考えられないではないか。

〈打越の力〉だ。

その力の前で人は茫然とする。

ただ茫然とするしかないが、茫然もまた、ときには人をまた異なる時間に誘う。茫然としたまえ。それでいま歩いている道を少しだけはみだす。だが、〈打越の力〉はそう手に入るものではないのだから、そこに技術は要求される。技術を身につけるのはそれほどむつかしいことではない。

最後になったが、各原稿の連載時、あるいは掲載時の編集者の方々にはたいへんお世話になった。いつも遅い原稿をどんな気持ちで待っていたか想像すると申し訳なくて言葉がない。そして、本書をまとめるにあたって、筑摩書房の打越由理さんにはひとかたならぬお世話になった。ある日、打越さんが私の住む町に、集めた原稿の束を届けに来てくれたのだが、それは駅前にあるモス・バーガーで……、いや、やめよう。打越さんの話を書くときりがない。

一九九九年七月十二日

宮沢章夫

【初出一覧】

I・カタカナの方法

パレード。◎「NHKテレビ英会話」98年5月号
ハロー。◎同4月号
スタミナ。◎同6月号
デラックス。◎同7月号
サービス。◎同8月号
ウルトラ。◎同9月号
ファミリー。◎同10月号
タイム。◎同11月号
パワー。◎同12月号
コントロール。◎99年1月号
「ハイキング」と「ピクニック」。◎同2月号
サンキュー。◎同3月号

II・茫然とする技術

ぶらぶらする◎「テアトロ」99年1月号
発酵と腐敗◎同2月号
商店街往復◎同3月号
月末論◎同4月号
小走りの人◎同5月号
素にもどる契機◎同6月号
ほとんど意味のない情報◎富士総合研究所「Φfai」98年7月号
つい口にしてしまう◎同8月号
うつむきかげんで歩く人◎同9月号
手渡しのメディア◎同10月号
でかい声◎同11月号
郵便受けはメディアである◎同12月号
山武ハネウエルを訪ねる◎「GURU」94年5月号・6月号
古きよき◎「室内」97年11月号
添え物◎「アミューズ」96年9月11日号
父権の喪失◎「中央公論」97年11月号
金沢の雪が見たい◎「せりふの時代」97年春号
観覧したい気持ち◎「東京人」97年8月号

III・蹄を打ち鳴らす音よ！

動くとおなかが痛い◎「GURU」94年3月号
致命的エラー◎同7月号
牛がモーと鳴いた◎同9月号
ヘボな外注◎同10月号
プラプラしている◎同11月号
顔とコンピュータ◎同12月号
横になって読めない◎「アスキーDOS/V ISSUE」95年8月号
二種類の人間◎同9月号
コンピュータと熱◎同10月号
どうやって押さえるか◎同11月号
不可解な音◎同12月号
牛もいれば馬もいる◎96年1月号
便利の陥穽◎同2月号
秋葉原の素人◎同3月号
笑いが含まれた声音で◎同4月号
大人は切り換える◎同5月号

Ⅳ・コンピュータと生きて

コンピュータ化の強制力◎「アスキーDOS/V ISSUE」96年6月号
人は誰だってビジネスマンだ◎同7月号
インターネットと沈黙◎同8月号
インターネットとバニー◎同9月号
バナナを皮ごと食う者たち◎同10月号
人手が足りない◎同11月号
底知れぬ欲望の構造◎同12月号
サンプル画像の人◎97年2月号
煙草と猫と父の顔◎同3月号
こうした事態に対してジャイアンは◎同4月号
16倍◎同5月号
携帯電話の問題◎同6月号
微妙なすきまができている◎同7月号
さらに大人は切り換える◎同9月号

V・読書する犬

年齢◎「ちくま」97年1月号
こんなときじゃなけりゃ読めない◎同7月号
たったひとつの漢字のために◎同11月号
熱心な人◎同12月号
こぼれ落ちた、暗く熱いもの◎98年1月号
痛みとは肉体のことだ◎同2月号
レコード・コレクターとともに12年◎同3月号
カレーと、インド遅れた◎大槻ケンヂ『行きそで行かないとこへ行こう』解説（新潮文庫）97年10月
爆発とよろこび◎しりあがり寿『エレキな春』解説（白泉社文庫）98年3月
読めない歴史◎「週刊文春」98年2月12日号
貧乏力◎「広告批評」98年1月号

解説　ポケットに二十円

松尾スズキ

かつてポケットに二十円しか入ってなかった男。

として、たまに宮沢さんのエッセイに登場させてもらっている松尾というものです。と、胸を張らせていただきます。ほんとに私はその頃、二十円しか持っていなかったのだから。

さて。私が依頼されている仕事はもちろん本著『茫然とする技術』の解説、であることはわかっているのだが、私の経験上、文章作品の解説というものは（できれば著者よりも）学歴の高い人がやるべきことであり、でもって哀しいかな私は地方のB級美大卒であって、ましてや、ここ数年宮沢さんの文章の論客感たるものは大幅に増量してらっしゃることもあり、これはまあそうとうに荷の重い話ではあるのである。しかし「学歴が低いから」という理由で仕事を断るのはあまりにも切ない。切ないし、最近ぱったりお会いする機会のない宮沢さんとのせっかくの接点をまた失うのも寂しいので、ここはひとつですね、私が二十円しか持っていなかった十年以上前、まだ彼の「知」に幾分やまいだれがかかっていた頃、芸能界というなんというか「艶のある場所」に行き来していた時分の宮沢さんとの思い出話をひとくさり、ってことでご勘弁いただけないだろうか。

二十円しか持っていなかったばかりか、まだ上京したてで、東京そのものにびくついていた(地下鉄の長いエスカレーターとか、凄く怖かった)頃の私がである。鞄もなく東急ハンズの袋に物を入れて持ち歩いていた私がである。果敢にも当時テレビのスタア構成作家であった宮沢さんに単身会いに行ったのは、ひとえにその才能に惚れ込んでしまったからでありました。当時宮沢さんはシティ・ボーイズや竹中直人らを擁する『ラジカル・ガジベリビンバ・システム』というユニットの座付き作家であり、そりゃあもう、そおりゃああもう、狂ったようにおもしろい舞台を矢継ぎ早に発表していた時期だった。宮沢さんはその頃坊ちゃん刈りで、今より幾分おしゃれに気を配っていて、で、今より幾分太っていて、すでに結婚とか離婚とかをされていらっしゃられた方であって、どこかのテレビ局の会議室で机を挟んだ状態で硬直しつつ「宮沢さんの演出を受けてセンスを盗みたいんです!」と言ったら「センスって生まれついての物じゃないか?」と返され「ん、いや、なにが『やってよいこと』でなにが『やってよくないこと』かは学ぶことができると思うのです」とつっぱると「ふうん、なるほど」と数秒間考えるふりをしていただいた、といった数分間の面接がファーストコンタクトでした。宮沢さんは忘れているかもしれないが、私は鮮烈に覚えている。だって、東京で初めて出会ったスタアなのだから。そりゃあ、覚えていますとも。いみじくも昨日劇場の楽屋で宮沢りえにあったばかりの私だが、坊ちゃん刈りの宮沢の方がそうとうにもう、ぐっと、スタア宮沢だったのである。

それほどに宮沢さんはかっこよかった。まあ、二十円しか持ってないものに比べれば、たいがいの人はかっこよかろうものだが、とにかく私にとってスペシャルな存在だった。役者として採用されたものの電車賃の工面がつかないために遅刻を繰り返すだめだめな問題児だった私に、「茫然」としながらも「泰然」と接してくれた（あんまり目に入らなかっただけなのかもしれないが）宮沢さんの視野に入るよう、私は毎日演出席の隣に陣取り続けた。ほかの役者に煙たがられても知ったことではなかった。

稽古の間中、宮沢さんはよく「かかかか」と甲高く笑った。「どうしたもんだ、これは」と考えこんだ。「なんだかなあ」と苦笑いした。「しかし、腹が減った」と、よく食った。でもって、私が台詞をいうたびに椅子からずっこける真似をされていたが、今の私でも当時の私の台詞に同じリアクションをするだろう。激しく下手だったのだ。緊張して全然輝けない状態のまま楽日を迎えた。

ああ、終わったなあ。と思った。

しかし、次の私の公演を宮沢さんは観に来てくれて、あろうことか、大人計画の旗揚げ公演となるそのとてもつたない芝居の劇評を雑誌にでかでかと取り上げてくれたのだ。そっから先の長いつきあいは、いろんな雑誌に書いているので割愛させていただくが、とにかくなにかと公私にわたって世話になった大切な恩人の一人であることには間違いない。

かなりしばらくして私は岸田戯曲賞という有名な賞をいただいた。それまで演劇界からまったく無視されていただけに凄くびっくりした。

受賞会場で宮沢さんはこんな素敵なスピーチをくれた。

「僕が一番最初に松尾君を見つけたんです。ざまあみろです」

宮沢さんはマスコミで「俺が松尾を育てた」みたいなことを言うことはまずなく、そのストイックな温度の低さこそ「宮沢的」なのであるが、その時少しだけ温度を感じました。まあ、もしかしたら「スタミナ」とか「山武ハウエル」とかと同じ「見つけ方」なのかもしれないのだけど。宮沢さんは絶対カラオケなんか歌わない人だと思うし、エッセイによれば人前で手すら挙げない人なのであるが、その時だけは少しだけ「歌ってくれた」ような気がして松尾は実に感無量だったのです。

宮沢先生！　見つけてくれてありがとう！

数ある著作の中でもほどほどにドライなこの本を、あえて湿り気たっぷりにしてやりました。私はダメ弟子です。おわびに今度ご飯をおごらせてください。今はこれでもそこそこお金を持っているんですよ。

本書は、筑摩書房より一九九九年八月刊行された。

逃走論　浅田彰
パラノ人間からスキゾ人間へ、住む文明から逃げる文明への大転換の中で、軽やかに〈知〉と戯れるためのマニュアル。

路上観察学入門　赤瀬川原平／藤森照信／南伸坊編
マンホール、煙突、看板、貼り紙……路上から観察できる森羅万象を対象に、街の隠された表情を読みとる方法を伝授する。（とり・みき）

反芸術アンパン　赤瀬川原平
芸術とは何か？　作品とは？　若き芸術家たちのエネルギーが爆発した六〇年代の読売アンデパンダン展の様子を生々しく描く。（藤森照信）

東京ミキサー計画　赤瀬川原平
延び、からみつく紐、梱包された椅子、手描き千円札、増殖し続ける洗濯バサミ……。ハイレッド・センター三人の芸術行動の記録。（南伸坊）

こいつらが日本語をダメにした　赤瀬川原平／ねじめ正一／南伸坊
「道草を食う」とは何を「食う」のか？　慣用句や格言を解体し、とんでもない内容につくりかえる、まったくもってふとどきな珍明解国語辞典。

温泉旅行記　嵐山光三郎
自称・温泉王が厳選した名湯・秘湯の数々。旅行ガイドブックとは違った嵐山流遊湯三昧紀行。気の持ちようで十分楽しめるのだ。（安西水丸）

頰っぺた落とし　う、うまい！　嵐山光三郎
うまい料理には事情がある。不法侵入者のカレー、別れた妻の湯豆腐など20の料理にまつわる、ジワリと唾液あふれじんと胸に迫る物語。（南伸坊）

バカ田大学なのだ!?　赤塚不二夫
マンガ史上最高のキャラクター、バカボンのパパを主人公にした一冊！　なぜママと結婚できたのかなどの謎が明かされる。（椹木野衣）

ダンドリくん（上）　泉昌之
信号待ちでイライラするやつも、食堂でモタモタするのもダンドリがワルいからだ!?　ダンドリの美学を実践する新キャラクターの登場!!

ダンドリくん（下）　泉昌之
ますます絶好調のダンドリくん！　驚きのアフリカ旅行、フリーター生活、恋人みどりちゃんも大活躍する完結篇！（中島かずき）

俺様の宝石さ　浮谷東次郎
23歳で鈴鹿に散った、伝説の天才レーサーがのこしたアメリカ青春放浪記。高校3年で単身渡米。大陸を東次郎のバイクが疾走する。（関川夏央）

オートバイと初恋と　浮谷東次郎
多感な高校時代に、東次郎がのこした三年間の青春日記。ナイーブな心と行動力でオートバイと女性への思いをつづる。（吉岡忍）

がむしゃら1500キロ　浮谷東次郎
炎天下、15歳の少年がひとり50ccバイクで旅に出た……。思春期まっただ中で記された心と行動の記録。日記と手紙も併収。（泉優二）

私の「漱石」と「龍之介」　内田百閒
師・漱石を敬愛してやまない百閒が、おりにふれて綴った師の行動と面影とエピソード。さらに同門の友、芥川との交遊を収める。（武藤康史）

内田百閒集成（全12巻・刊行中）　内田百閒
飄飄とした諧謔、夢と現実のあわいにある恐怖。磨きぬかれた言葉で独自の文学を頑固に紡ぎつづけた内田百閒の、文庫による本格的集成。

尾崎翠集成（上）　尾崎翠　中野翠編
鮮烈な作品を残し、若き日に音信を絶った謎の作家・尾崎翠。この巻には代表作「第七官界彷徨」をはじめ初期短篇、詩、書簡、座談を収める。

尾崎翠集成（下）　尾崎翠　中野翠編
時間とともに新たな輝きを加えてゆく尾崎翠の文学世界。下巻には『アップルパイの午後』などの戯曲、映画評、初期の少女小説を収録する。

カラダで感じる源氏物語　大塚ひかり
エロ本として今なお十分使える『源氏物語』。リアリティを感じる理由、エロス表現の魅力をあまさず暴き出す気鋭の古典エッセイ。（小谷野敦）

大正時代の身の上相談　カタログハウス編
他人の悩みはいつの世も蜜の味。大正時代の新聞紙上で１２９人が相談した、あきれた悩み、深刻な悩みが時代を映し出す。（小谷野敦）

志ん朝の風流入門　古今亭志ん朝　齋藤明
失われつつある日本の風流な言葉を、小唄端唄、和歌俳句、芝居や物語から選び抜き、古今亭志ん朝の粋な語りに乗せてお贈りする。（浜美雪）

カモン！恐怖　しりあがり寿

あな恐しや、先祖の霊が、呪いの人形が、殺人鬼が、おまぬけギャグを連発する。バカバカしさがやがて感動を生む傑作コミック。（京極夏彦）

コイソモレ先生　しりあがり寿

名作叙情マンガ『コイソモレ先生』全三冊がまとまってぶ厚い一冊に。ナンセンスギャグに笑ったり、しみじみと感じ入ったり。それもまたよし。

戦中派天才老人・山田風太郎　関川夏央

通いつめること一年有半。天才老人の機知、警句妖説、飄逸そして健忘……おそるべき作家の実像を活写した座談的物語。（加藤典洋）

魔法使いの弟子　ダンセイニ　荒俣宏訳

錬金術の神秘と、影を代償にした奇妙な取り引き、そしてスペイン黄金期のロマンスを織り合わせた長編ファンタジー。ケルトの〈黄昏の想像力〉。

ことばが劈《ひら》かれるとき　竹内敏晴

ことばとこえとからだと、それは自分と世界との境界線だ。幼時に耳を病んだ著者が、いかにことばを回復し、自分をとり戻したか。

性分でんねん　田辺聖子

あわれにもおかしい人生のさまざま、また書物の愉しみのあれこれ。硬軟自在の名手、お聖さんの切口がますます冴えるエッセー。（氷室冴子）

かるく一杯　田辺聖子

自作について、老年について、投稿に見る現代人の諸相など、年とともにさらに洞察力の深まりを見せる著者の愉しいエッセー。（今江祥智）

おせいさんの落語　田辺聖子

思わず抱腹絶倒するような田辺流創作落語の数々。不良老人や、女房に先立たれ、すずめと結婚した男など、ありそうな話から荒唐無稽な話まで！

蝶花嬉遊図　田辺聖子

妻子ある五十男と同棲する浅野モリ三十三歳。愛の喜びを知った二人に忍び寄る不安。田辺文学のエッセンスの詰まった恋愛小説。（川上弘美）

春情蛸の足　田辺聖子

高級なモンが食べたいンやない。好きな異性と顔寄せて好物を食べたい……人生練れてきた年頃の男の切なさを描く連作小説集。（わかぎゑふ）

心を知る技術　高橋和巳
人はなぜ悩むのか？　悩みを抱えた心はどうすれば癒されるのか？　心への理解を深め、自信を持って生きるための技術とは？　（わかぎえふ）

三国志きらめく群像　高島俊男
曹操、劉備をはじめ、彼らをめぐる勇士傑物、女性たちなど、あまたの人物像に沿って描く「三国志」（正史）の世界。現在望みうる最良の案内書。

水滸伝の世界　高島俊男
めっぽう強くてまっすぐな豪傑たち百八人のものがたり、水滸伝。この痛快無類な小説のおもしろさを存分につたえる絶好のガイドブック。

味覚日乗　辰巳芳子
春夏秋冬、季節ごとの恵み香り立つ料理歳時記。日々のあたりまえの食事を、自らの手で生み出す喜びと呼吸を、名文章で綴る。　（藤田千恵子）

田中小実昌エッセイ・コレクション１　ひと　田中小実昌　大庭萱朗編
飄々とした人柄と軽妙な文体で、没後もなお人気を集める作家のエッセイ集。第一巻は、作家・友人・女性たちとの交遊など。　（団鬼六）

田中小実昌エッセイ・コレクション２　旅　田中小実昌　大庭萱朗編
目の前にバスが止まれば行く先がわからなくても乗ってしまう人、それがコミさん。日本を世界をふらつきうまい酒と人に出会う。　（角田光代）

田中小実昌エッセイ・コレクション３　映画　田中小実昌　大庭萱朗編
映画館あるところどこでも出没するコミさんが、芸術映画からポルノまでありとあらゆる映画を観戦。'64～'90年の映画史もわかる。　（川本三郎）

小説の解剖学　中条省平
小説の「うまさ」のツボはどこにあるのか？　エッセイが小説になる瞬間とは？　天才教師が教える「小説を読むならここを読め！」

小さな生活　津田晴美
暮らし方は、その人の現実への姿勢そのものだ。流れに身をまかせた時代を卒業し、自分らしい「小さな生活」を築きたい人へ。　（渡辺武信）

旅好き、もの好き、暮らし好き　津田晴美
旅で得たものを生活に生かす。風景の中に「好き」を見つける。インテリアプランナーの視点から綴る、旅で見出す生活の精神。　（沢野ひとし）

ROADSIDE JAPAN 珍日本紀行 東日本編　都築響一

秘宝館。意味不明の資料館、テーマパーク…。路傍の奇跡ともいうべき全国の珍スポットを走り抜ける旅のガイド、東日本編一七六物件。

ROADSIDE JAPAN 珍日本紀行 西日本編　都築響一

蝋人形館。怪しい宗教スポット。町おこしの苦肉の策が生んだ妙な博物館。日本の、本当の秘境は君のすぐそばにある！ 西日本編一六五物件。

TOKYO STYLE　都築響一

小さい部屋が、わが宇宙。ごちゃごちゃと、しかし快適に暮らす、僕らの本当のトウキョウ・スタイルはこんなものだ！ 話題の写真集文庫化！

三文役者あなあきい伝 PARTⅠ　殿山泰司

「日本帝国の糞ったれ！」タイちゃん節が炸裂する。反骨精神溢れる天性のあなきすと役者が、独自のべらんめえ体で描く一代記。（町田町蔵）

三文役者あなあきい伝 PARTⅡ　殿山泰司

役者でなくなった時おれは人間の屑になってしまう、と自認するタイちゃんの役者魂が、名監督と出会う。戦後映画史を活写する。（長部日出雄）

JAMJAM日記　殿山泰司

死後なおモノホンの天才ぶりを披露する個性派俳優が、ミステリとジャズと映画に溺れる七〇年代の日々を活写する。（山下洋輔　大友良英）

三文役者のニッポンひとり旅　殿山泰司

北は函館松風町から、南は沖縄波の上まで、遊郭跡を彷徨する好色ひとり旅。天衣無縫な文章で、「紅燈の巷」があぶりだされる。（内藤剛志）

三文役者の無責任放言録　殿山泰司

正義感が強く、心底自由人で庶民の代表のようなタイちゃんが、幅広い俳優人生における喜怒哀楽を天衣無縫な文章で綴る随筆。（井家上隆幸）

バカな役者め!!　殿山泰司

ジグザグと人生の裏街道を歩き出会った人との、さまざまな人間模様をあふれんばかりの熱気と破天荒さで描く自伝的小説集。（大村彦次郎）

三文役者のニッポン日記　殿山泰司

三文役者が見たベトナム・アメリカ・ニッポン。一九六〇年代の世界が反戦的思考やユーモアとペーソスを交えて語られる見聞録。（小林薫）

三文役者の待ち時間　殿山泰司

毎日は、ミステリとジャズのためにある。もちろん映画に出るのも忘れちゃいけねえ。これらに溺れる'77～'83年の日々。幻の連載。（茶木則雄）

すばらしいセリフ　戸板康二

子供の頃から聞きおぼえ、生活の中に生きている歌舞伎・新派などの心に残るセリフをその役者の魅力を通して、語りかける名随筆。（水原紫苑）

こころ　夏目漱石

友を死に追いやった「罪の意識」によって、ついには人間不信にいたる悲惨な心の暗部を描いた傑作。詳しく利用しやすい語注付。（小森陽一）

整体入門　野口晴哉

日本の東洋医学を代表する著者による初心者向け野口整体のポイント。体の偏りを正す基本の「活元運動」から目的別の運動まで。（伊藤桂一）

風邪の効用　野口晴哉

風邪は自然の健康法である。風邪をうまく経過すれば体の偏りを修復できる。風邪を通して人間の心と体を見つめた、著者代表作。（伊藤桂一）

これも男の生きる道　橋本治

日本の男には「男」としての魅力がないのか？「男のありかたを見直すこと、旧来のなれあい関係から脱出すること」により新生する男像とは？

これで古典がよくわかる　橋本治

古典文学に親しめず、興味を持てない人たちは少なくない。どうすれば古典が「わかる」ようになるかを具体例を挙げ、教授する最良の入門書。

恋する文楽　広谷鏡子

恋に命をかけた男と女の行末や、親子の情を捨て忠義に殉ずる姿に何故か涙が流れてしまう。古典芸能の魅力をやさしく紹介する。（酒井順子）

思いちがい辞典　別役実

辞書・辞典類のありきたりの意味や使用例よりも、「思いちがい」がいかに日常生活を豊かにしているかを、その効用にも言及し、促す書。（宮沢章夫）

ことわざ　悪魔の辞典　別役実

時代を生き抜くためには多くの教訓が必要である。「ことわざ」のあっと驚く新解釈で、正しい身の処し方を学ぶ現代人の手引書。（青山南）

眠れる森の美女　シャルル・ペロー　巖谷國士訳

昔話のもつ不可思議な魅力に、詩人ペローのしたたかな風刺精神と優雅な語り口が加わった、大人が楽しめる物語。ドレの美しい挿画がたくさん。

デカメロン(上)　ボッカッチョ　柏熊達生訳

身分職業もさまざまな男女がくり広げる百の話。恋多き女が修道院を舞台にたくみに思いをとげる話など、機智に富んだ話三十話まで。（柏熊達生）

デカメロン(中)　ボッカッチョ　柏熊達生訳

娘の恋人を殺してその心臓を娘に送る話、愛人とるところを夫に見つかった妻が巧みに刑を逃れる話など七十話までを収録。（柏熊達生）

デカメロン(下)　ボッカッチョ　柏熊達生訳

女が商人から品物をだまし取ると、商人はさらに悪どい手口で金をまき上げる話、妻を馬に変える魔法の話など、七十一話から百話まで。（付・年譜）

超短編アンソロジー　本間祐編

超短編とは、小説、詩等のジャンルを超え、数行という短さによって生命力を与えられた作品のこと。キャロル、足穂、村上春樹等約90人の作品。

松田優作、語る　松田優作　山口猛編

70年代から80年代のわずか十数年の間を疾走した俳優・松田優作。出自、母、わが子、女性、映画への熱い思い……発言でたどる彼の全軌跡！

笑う写真　南伸坊

写真で遊ぶ。写真と遊ぶ。写真というメディアの「真実らしさ」をパロディで笑い、そのからくりと読み方をさぐる。（篠山紀信）

顔　南伸坊

顔面的思考とは何だろう。ナゾだらけの顔面をあえて理屈の俎上にのせ、顔面の人・南伸坊が世に問う顔面学・事始め。（ナンシー関）

大人の科学　南伸坊

「変態」「不老不死」「解剖」「美人」等々身の回りのフシギから脳の中までを面白楽しく考察するニコニコフムフムの科学エッセイ。（中野翠）

モモヨ、まだ九十歳　群ようこ

東京で遊びたいと一人上京してきたモモヨ、九十歳。好奇心旺盛でおシャレな祖母の物語。まだまだ元気な〈その後のモモヨ〉を加筆。（関川夏央）

本取り虫　群ようこ
本を読むのをやめられない！　そんな著者のとっておき、心に残った本をお教えします。読書遍歴の始まりは「金太郎」だった。（ツルタヒカリ）

かつら・スカーフ・半ズボン　群ようこ
“特別の時のため”にとっておいた下着、幅広の足にも似合う靴、スカートよりパンツ……。嫌いなものは嫌い。自分らしくあるためのお洒落エッセイ。

一葉の口紅 曙のリボン　群ようこ
美人で聡明な一葉だが、毎日が不安だった。近代的なお嬢様、曙にも大きな悩みが……。二人はなぜ書くことに命をかけたのか？　渾身の小説。（鷺沢萠）

ビーの話　群ようこ
わがまま、マイペースの客人に振り回され、“いい大人が猫一匹に”と嘆きつつ深みにはまる三人の女たち。猫好き必読！　鼎談、もたい・安藤・群。

記憶の絵　森茉莉
父鷗外と母の想い出、パリでの生活、日常のことなど、趣味嗜好をないまぜて語る、輝くばかりの感性と滋味あふれるエッセイ集。（中野翠）

ベスト・オブ・ドッキリチャンネル　森茉莉　中野翠編
週刊新潮に連載（79〜85年）し好評を博したテレビ評。一種独特の好悪感を持つ著者ならではのユーモアと毒舌をじっくりご堪能あれ。（中野翠）

マリアの気紛れ書き　森茉莉
「自惚れに怒りをまぜて加熱すればマリアが出来上る」など極めつきの表現やエスプリが随所にちりばめられた文学エッセイ。（小島千加子）

甘い蜜の部屋　森茉莉
天使の美貌、無意識の媚態。薔薇の蜜で男たちを溺れ死なせていく少女モイラと父親の濃密な愛の部屋。稀有なロマネスク。（矢川澄子）

貧乏サヴァラン　森茉莉　早川暢子編
オムレット、ボルドオ風茸料理、野菜の牛酪煮……。食いしん坊茉莉は料理自慢。香り豊かな“茉莉ことば”で綴られる垂涎の食エッセイ。文庫オリジナル

マリアのうぬぼれ鏡　森茉莉　早川暢子編
「ありとあらゆる愉快なもの、きれいなもの、奇異な考え、空想で一杯」の頭の中から紡ぎ出された、極めつきの茉莉語録。文庫オリジナル。

父親としての森鷗外　森　於菟

鷗外の長男、於菟が綴った一家の歴史と真実。一族の期待を担い、父として人間として果敢に生きた鷗外を活写して余すところない記録。（長沼行太郎）

アシェンデン　サマセット・モーム　河野一郎訳

作家でスパイのアシェンデン（モームの分身）に、突然大佐から呼び出しが――。謎めく事件の蔭に仕組まれた陰謀。体験を基に綴るスパイ小説。

コスモポリタンズ　サマセット・モーム　龍口直太郎訳

舞台はヨーロッパ、アジア、南島から日本まで。故国を去って異郷に住む〝国際人〟の日常にひそむ事件のかずかず。珠玉の小品30篇。（小池滋）

魔術師　サマセット・モーム　田中西二郎訳

今世紀最大の魔術師、A・クロウリーをモデルに、オカルティズム文献を駆使し、渾身の力をこめて描きあげた戦慄の作品。（紀田順一郎）

鷗外の子供たち　森　類

子煩悩で家庭的な人でもあった鷗外。しかし森家に漂う不協和音。明治の文豪のプライヴェートな部分を次男の目が捉える好著。（小島千加子）

山田かまちのノート（上）　山田かまち

恋に焦がれ、自由を求め、より高い表現をめざし、17歳で命を閉じた（かまち）。残されたノートから、上巻には13～16歳の時期を収録。

山田かまちのノート（下）　山田かまち

残された18冊のノートから、詩、歌詞、断章、感想、批評、物語、デッサン、漫画などを精選して集大成。下巻には16～17歳の時期を収録。

悩みはイバラのようにふりそそぐ　山田かまち　なだいなだ編

かまちの絵や詩はかけがえのない十七歳の圧倒的な誇示である（なだいなだ）。死後残された鮮烈な絵と詩から選りすぐった青春へのメッセージ。

ヨーロッパぶらりぶらり　山下　清

「パンツをはかない男の像はにが手」「人魚のおしりは人間か魚かわからない」〝裸の大将〟の眼に写ったヨーロッパは？　細密画入り。（赤瀬川原平）

日本ぶらりぶらり　山下　清

坊主頭に半ズボン、リュックを背負い日本各地の旅に出た〝裸の大将〟が見聞きするものは不思議なことばかり。スケッチ多数。（壽岳章子）

放蕩かっぽれ節　山田洋次

山田洋次の作り出した落語的世界。柳家小さん等にあてて書かれた創作落語5編、渥美清主演の傑作TVドラマ3本を収録。（快楽亭ブラック）

戦中派虫けら日記　山田風太郎

〈嘘はつくまい。嘘の日記は無意味である〉戦時下、明日の希望もなく、心身ともに飢餓状態にあった若き風太郎の心の叫び。（久世光彦）

タクシードライバー日誌　梁石日

座席でとんでもないことをする客、変な女、突然の大事故。仲間たちと客たちを通して現代の縮図を描く異色ドキュメント。（崔洋一）

タクシー狂躁曲　梁石日

在日朝鮮人であるタクシー運転手の目がとらえた、人々の哀歓、欲望、更に在日同胞内部の問題点などを盛り込んだ悲喜こもごもの物語。（岡庭昇）

見えるものと観えないもの　横尾忠則

アートは異界への扉だ！　吉本ばなな、島田雅彦から黒澤明、淀川長治まで、現代を代表する十一人との、この世ならぬ超絶対談集。（和田誠）

芥川龍之介全集（全8巻）　芥川龍之介

確かな不安を漠然とした希望の中に生きた芥川の全貌。名手の名をほしいままにした短篇から、日記、随筆、紀行文までを収める。

夏目漱石全集（全10巻）　夏目漱石

時間を超えて読みつがれる最大の国民文学を、10冊に集成して贈る画期的な文庫版全集。全小説及び小品、評論に詳細な注・解説を付す。

山田風太郎明治小説全集（全14巻）　山田風太郎

これは事実なのか？　フィクションか？　歴史上の人物と虚構の人物が明治の東京を舞台に繰り広げる奇想天外な物語。かつ新時代の裏面史。

詳注版　シャーロック・ホームズ全集（全10巻・別巻1）　コナン・ドイル／小池滋監訳　ベアリング—グールド解説と注

くわしい注と解説、豊富な図版。時代風景や風俗を理解し、さらに深いホームズの世界を愉しむ、大人のためのユニークな全集。

シャーロック・ホームズ事典　北原尚彦

この一冊で、あなたはシャーロック・ホームズ博士。60篇の物語に登場する人名・地名・その他固有名詞を網羅。索引としても便利で手軽な事典。

ちくま文庫

茫然とする技術

二〇〇三年四月九日　第一刷発行

著　者　宮沢章夫（みやざわ・あきお）
発行者　菊池明郎
発行所　株式会社　筑摩書房
東京都台東区蔵前二―五―三　〒一一一―八七五五
振替〇〇一六〇―八―四一二三
装幀者　安野光雅
印刷所　明和印刷株式会社
製本所　株式会社積信堂

ちくま文庫の定価はカバーに表示してあります。
乱丁・落丁本及びお問い合わせは左記へお願いいたします。
筑摩書房サービスセンター
埼玉県さいたま市北区櫛引町二―六〇四　〒三三一―八五〇七
電話番号　〇四八―六五一―〇〇五三
© Akio Miyazawa 2003 Printed in Japan
ISBN4-480-03808-6 C0195